정연희 소설선집 `05`

아이누, 아이누

정연희 소설선집 05

아이누, 아이누

鄭然喜 장편소설

■ 책머리에

아이누를 찾아가는 머나먼 길에서 -

'자신이 누구인지 모르는 인간은 무엇으로도 구원할 길이 없다.' 이 소설은, 자신의 정체성을 찾아 떠난 한 여성의 자기투쟁의 노정路程이다. 1972년, 2월. 동계올림픽이 열린 홋카이도 삿포로에 들른 길, 설국雪國의 정취는 몽환夢幻이었다. 몽환에 젖어, 뜻밖의 소재素材를 만났다. 비극은, 주인공 여성이 여아女兒로 태어난 출생부터였다. 탯줄 끊어지며 던져진 세상은 얼음구덩이였다. 딸이라는 이유로 모성본능까지 외면당한 존재는, 생명 존귀尊貴, 서로사랑에 눈멀어 굴러다닌 외톨이었다. 결혼, 이혼, 사련邪戀에 묶인 노예… 방송작가로 방송가의 대모代母로 우뚝 세워져 인기의 정상에 올랐으면서도, 그는 허무와 절망에서 헤어나지 못했다. 출생은 선택이 아니었지만, 태어난 이래 끝임 없이 이어지는 선택과 그것이 안겨주는 무의미에 절망한 한 인간.

여자는, 절망의 나락에서 투신하듯 한 남자를 만난다. 그 남자 또한 상처와 허무의 늪에서 허우적거리고 있는 여자와 흡사한 처지의 인물 — 여자는 내면에서 끊임없이 타오르는 본질적인 고뇌를, 그 남자의 상처와 허무에 투영시켜 자신의 정체를 찾아보려 했다. 그러나 서로 어긋나기만 하는, 목마르고 씁쓸한 기나긴 노정이었다. 같은 처지의 상처를 통해서는, 피차, 결코 상대를 알아 볼 수 없다. 그들은 각기 새로운 상처를 만들어 가며 다시 길을 떠난다. 그 길에서, 오직 자아自我라는 감옥을 파괴하고 그 감옥을 벗어나는 길만이 구원임을 희미하게 깨닫기 시작한 한 인간의 설화說話…, '아이누 아니누'는 몽환의 설국에서, 한 인간의 자기탐구의 과정을 천착해 본, …주인공과 함께 쓰라림을 겪어가며 건져 올린 한편의 소설이다.

정연희

1982년. 9월 월간 ≪한국문학≫ 발표
1986년.12월.5일. 금박출판사 발행
제2회 윤동주문학상수상기념집수록
2015. 가을 ≪인간과 문학≫ 작가재조명 수록

아이누! 아이누[流氷]!

유빙流氷

봄기운에 몸 풀어 흐르는 얼음덩이
유빙流氷!
차라리 네 몸을 다 풀어 홀곤하게 흘러라
아니거든 하나로 크게 얼어,
다시금 빗장 되어 닫으라.
얼었던 몸 설 녹여
살 속에서 찌르는
죽검보다 더한 아픔 있느니
봄의 문턱에서
채 몸 깨뜨려 띄우는
멍든 얼음덩이, 멍든 얼음덩이, 유빙流氷····

*

　물기 잔뜩 머금은 무거운 눈. 하늘이 몸을 풀고 있다. 하늘이 땅 위로 내려와 잠들 채비를 하듯 그렇게 눈이 내리고 있었다. 북국의 눈은 벼르는 일도 없이 잘도 내린다. 걷다가도 눈, 앉았다가도 눈이다. 천지를 자욱하게 분간할 수 없이 내리던 눈이 이제는 그만 오려는가 하면 다시 시작되고, 아, 이 지역의 눈은 이렇게 그저 끝도 없이 내리려는 모양이지 생각하면, 그때까지 쏟아지던 눈은 또 잠깐 멈추어 그동안에 쌓인 눈 더미 위로 눈부신 햇빛을 흩뿌린다.
　홋카이도[北海島] '삿포로'. 시내에서 출발한 지하철로 종점이 되는 '마꼬마나이[眞駒內]'에서도 다시 택시로 삼십 분 남짓 더 들어간 산골. 세상 끝나는 자리인 듯 산으로 첩첩 갇혀 있고, 몇 안 되는 집들마저 눈 더미 속에 묻혀 있는 산골의 온천장[溫泉場]. 1972년 2월 동계올림픽이 시작된 홋카이도의 중심지에서 아득하게 멀고 먼 산골 온천장이었다.
　여자는 일본식 여관 다다미방의 창문 앞에 서서, 천지를 자욱하게 만들며 하염없이 쏟아지는 눈을 막막하게 바라보았다. 이곳은 세상이 끝난 자리다. 그네는 그런 생각을 했다. 눈은… 나를 아주 묻어 버리려고 이렇게 끝없이 내리지. 나는 눈에 묻히고 말거야. 그리고 이 눈은 영원히 녹지 않겠구나. 눈으로 뒤덮인 천지는 시작도 끝도 없었다. 누구도, 무엇으로도, 건드리거나 다쳐서는 안 될 순결로 가득 채워져 있었다. 가슴이 메어질 것 같은 슬픔인가 하면 온갖 더러운 것을 씻겨주고 포근하게 안기고도 남을 넉넉함이었다.

"목욕 안 하겠어?"
남자의 두툼한 손이 그네의 어깨에 얹혔다. 여자는 순간, 자신의 어깨에 의수義手가 달려있는 것 같은 무거움에 흠칫했다. 그네는 선뜻 대답하지 못했다. 순간, 말을 해본 일이 없었던 것처럼 가슴도 답답하고 입도 거북했다.
"무얼 그렇게 골똘하게 내려다보고 있나, 마치 눈 구경을 첨하는 사람처럼."
남자는 무엇인가를 참는 듯 목소리를 낮추었다.
"아이누에 대한 생각을 하고 있었어요."
"아이누?"
남자는 여자의 어깨에서 손을 내렸다. 그리고 그 '아이누'라는 단어 하나에다 분풀이를 하려는 듯 입을 열었다.
"그래 이 먼 데까지 와서 고작 찾고 있는 게 아이누요?"
"저는 오래 전부터 이 북해도北海島에 살고 있다는 아이누를 보고 싶었어요."
"허 참, 이 깊은 산골에 무슨 아이누가 있겠다고…."

아이누, 아이누 9

"오히려 대처大處에는 없을 걸요. 깊고 깊은 산골에 몇몇이 남아 있겠죠."

"그래 아이누족族을 찾아서 뭘 하겠다는 거지?"

"그냥… 만나보고 싶은 것뿐이에요."

"아이누, 아이누라…. 그래 그걸 어디 가서 찾는다? 당신은 참 이상한 사람이로군. 나를 깜짝 깜짝 놀라게 한단 말이야. 어쨌거나 아이누 문제는 나중에 해결하기로 하고, 목욕 안 하겠어?"

"먼저 하세요."

여자는 창 밖에다 눈길을 던진 채 짧게 대답했다.

"일본말을 한 마디도 못하면서…. 여탕에까지 데려다 줄 텐데-."

"목욕하는데 무슨 말이 필요할까봐…."

여자는 그제야 고개를 돌리며 말끝에 엷은 웃음을 달았다. 그러나 그네의 눈길은 남자의 얼굴을 향해 있었던 게 아니고 우람한 상체, 남자의 앞가슴 위에 엉거주춤 걸쳐져 있었다. 맨바닥에 신발 없이 서면, 여자는 그 남자보다 더욱 작아지고 남자는 더욱 우뚝해졌다. 여자의 입가에 다시 한 번 엷은 웃음이 떠돌았다. 그러나 이번 것은 아까와는 다른 색깔의 것임을 남자는 알아채지 못했다. 여자는 그 떡 벌어진 가슴에 계속해서 눈길을 보냈다. 우람한 남자. 몸이 우람한 남자. 여자는 의미를 알 수 없는 남의 나라 말을 입 끝으로 외어보듯 그 생각을 별 뜻 없이 마음속으로 굴려 보고 있었다.

"대단한 고집쟁이로군."

남자는 유까다를 입은 뒷모습을 보이며 방에서 나갔다. 여자는 다시 창 쪽으로 몸을 돌렸다. 쏟아지는 눈은 그 산골을 눈 무덤으로 만들었다. 흰 눈밖에는 보이는 것이 아무것도 없었다. 하늘이 내려앉듯… 흐린 하늘이 고스란히 내려앉듯이….

"아이누, 아이누…."

여자의 입김이 유리창에 뽀얗게 서렸다. '아이누', 아이누란 '사람'이라는 뜻이다. 아이누라는 단어는 아이누 사람들이 '사람'이라는 말로 쓰는 아이누 어語다. 아이누, 사람… 여자는 세상의 끝과도 같은 이 산골에서 참으로 견딜 수 없을 만큼 누구인가를 그리워하고 있는 자신을 돌아보았다. 대상도 없는 그리움을.

*

서울에서 하네다까지 항공기로 두 시간, 다시 하네다에서 홋카이도의 지또세(千歲市)까지 비행기로 시간 반, 지또세에서 삿포로 시내까지 자동차로 한 시간. 삿포로에서 마꼬마나이를 거쳐 이곳에 이르기까지 한 시간 남짓한, 그런 시간이 걸렸을 뿐이다. 그러나 마치 다시는 되돌아 갈 수 없는 땅 끝에 와 있는 듯, 지난날이 전생(前生)처럼 아득하게 느껴졌다. 어떻게 하다가 여기까지 오게 되었을까…. 아이누는 어디에 있을까….

*

그날 밤, 그네는 그 남자의 몸을 두 번째 경험했다. 그것은 눈 무덤이 아니라 돌무덤이었다. 아무런 기쁨도 없었다. 자기 자신의 깊은 내부를 향해 바늘처럼 내리 꽂히던 수치심이 더욱 깊고 쓰라리게 들어가 박혔을 뿐. 수치심은 무서운 중압감이 되고 그것이 여자를 짓눌렀을 뿐이다. 새로운 것에서 얻어지는 신선(新鮮)함도 없었다. 익숙해지지 않는 데서 풍기는 풋내조차도 맡아지지 않았다. 남자의 몸은 훌륭했음에도 불구하고. 여자는 남자의 몸을 받으면서 어둠만을 냄새 맡았다. 어둠은 하늘과 땅을 가득 채운 백설로 버무려져 있었다. 여자는 숨을 죽이고 귀를 기울여 눈 내리는 소리를 들었다. 눈은 낮에 눈을 쳐내어 만들었던 길을 지워 버리고 있다. 간신히 창문만 보이던 마을 집의 모습도 덮어 버렸다. 눈송이 하나하나는 감춰진 소리가 되어 여자의 귓속으로 흘러들어 왔다. 그리고 그 소리는 녹아서 물이 되고, 그 물은 여자의 가슴에 고여서 투명한 얼음으로 얼었다.

여자를 안고 있던 남자가 한숨을 쉬었다. 남자의 한숨은 여자의 귀밑머리에 갑자기 불어제낀 바람, 황소의 콧김 같았다.

"당신의 화산火山 같은 몸속에는 빙산氷山이 있군. 그렇지? 응? 그렇지?"

인간은 어떻게 감각만으로도 상대방의 마음을 알아차리는가. 여자 자신도 미처 알아차리지 못한 내면의 빙산을 이 남자는 감각만으로 어떻게 알아내었을까? 남자는 달뜨고 초조해 하고 분해하기까지 하면서 여자를 흔들었다. 여체의 차가움에 곧 노여움이 폭발할는지도 모를 상황이었다. 그러나 여자는 계속해서 어둠을 냄새 맡고, 눈 내리는 소리를 들으며, 그 소리가 녹아서 자신의 몸속에서 결빙結氷되고 있는 것을 지켜보고 있을 뿐, 그 밖의 다른 소리를 들을 수 없었다. 여자의 몸은 어떻게 해도 덥혀지지 않았다.

"서울을 떠나자고 했던 건 당신이었소."

남자는 자신의 뜨거운 체온을 절망하면서 여자의 가슴에

얼굴을 묻었다. 한참을 그렇게 하고 있다가 남자가 얼굴을 들었다.
"불을 켜겠소."
무슨 결판이라도 내리는 듯 남자의 목소리에는 분노가 묻어 있었다.
"이대로 두어 주세요."
"날보고 어떻게 하라는 말이오?" 남자의 우렁우렁한 목소리가 여자의 전신을 짓눌렀다. 남자의 노여움이 어둠의 냄새를 거뒀다. 눈도 소리를 죽였다. 남자의 고르지 않은 숨소리가 천지를 가득 채워 가고 있을 뿐. "날 좀 봐. 정말 당신이 원하는 게 뭐요? 무엇을 어떻게 하면 당신이 즐거워하며 웃고 재미있어 하겠소? 당신은 원래 이런 사람이 아니었을 껄?"
"날이 밝으면 아이누를 찾아서 함께 떠나 주시겠어요?"
여자의 목소리에 생기가 조금 묻어났다. 남자는 여자의 제의에 마음을 누그러뜨리려고 애를 쓴다.
"그러지, 그러지. 그렇게 할 테니 지금 당장은 제발 아이누의 생각을 좀 비켜 놓을 수 없을까?"
남자는 기다리지 않고 여자를 다시 품에 안았다. 그리고 여체를 으깨어서 다시 빚어 보려는 듯 힘껏, 힘껏 으스러뜨릴 듯이 품어 안으며 깊게 신음했다.

"정말 좋은 너, 훌륭해, 훌륭해. 제발! 제발 길들여 주지 않겠나? 내가 길들일 수 있게 해주지 않겠어? 대답해!"

여자는 저항 없이 몸을 맡겼다. 눈은 계속해서 내린다. 하늘이 땅을 다지는 길은 그것밖에 없는 듯, 잠시도 쉬지 않고 계속 쏟아졌다. 남자의 숨소리가 어둠을 뒤흔들고 쥐어짜기도 하며 거센 바람이 되어 불어제쳐 지기도 했다. 여자는 격랑激浪의 어둠을 피하여 눈을 감았다. 눈을 감아 버리자 눈송이 하나하나가 무서운 무게가 되어 여자의 가슴을 다지기 시작했다. 여자의 귀로 스며들던 눈 내리는 소리는 무덤을 달구질하던 달구꾼들의 선소리가 되어 그의 전신을 흔들었다.

*

지난해 겨울, 어머니가 돌아가셨다. 아, 그 깨어질듯 투명하던 추위 속을, 원색의 슬픈 상여가 흘러갔지. 겨울나무 가지, 삭정이들이 목 메인 소리로 부러지며 얼음 하늘에 상채기를 냈었지. 하관下棺을 하고 광중壙中을 횡대橫帶로 덮은 뒤, 얼어 있는 흙더미가 투덕투덕 얹혀지던 그 소리. 그때, 막걸리를 동이, 동이 여다가 들이켜던 달구꾼들이 들이닥치

더니 선소리를 뽑아내며 흙을 밟고 무덤을 다지는 춤을 추기 시작했다. 아 아, 질기디 질긴 것. 목숨이 끊어졌어도 절대로 끊기는 일 없이 더욱 질기게 더욱 깊게 남겨지는 슬픔. 추위를 껴안고 그토록 사무치게 청명하던 겨울 하늘. 낭자한 상처가 낱낱이 드러나, 어디 숨을 곳을 찾을 수도 없고, 감출 수도 없이 춥디, 춥게 피를 흘리던 한낮이었다. 뼛속에 빗겨 있는 비수 같던 그 정경情景. 그런데 지금 저 하늘을 가득 메운 눈발이 일제히 여자의 가슴을 달구질하고 있는 것이다. 무덤, 무덤은 끝나는 자리인 줄 알았다. 그리고 그것은 영원한 침묵이겠거니 했다. 그리고 그 자리에는 안식安息이 있으리라고 믿었다. 그런데 이 밤의 이 눈 무덤은 조금도 편안치가 않다. 주검이 담겨질 무덤이 이런 것이라면 어떻게 죽을 수가 있겠는가. 그네는 진저리를 쳤다. 얼마 만에 여자는 남자에게서 풀려났다. 노여움을 품은 대로 여자를 가졌던 남자는 금방 잠이 들었다. 어둠 속에 깊게 잠든 육신이라는 무덤 하나와, 이 생각 저 생각으로 얽힌 복잡한 무덤이 나란히 누워 있었다.

숨죽여 엎드려 있던 여자는 어둠을 털어내듯 몸을 일으켰다. 그리고 살며시 다가가 일본 장지문을 가만히 밀어냈다. 희뿌연 유리창에 가득 서렸던 김이 무거운 물줄기가 되어 후르륵후르륵 흘러내린다. 유리창 밖은 함박눈의 세계. 이러다가 하늘이 없어지고 말지…. 밤하늘은 함박눈으로 풀려 쏟아지고 또 쏟아져 내렸다. 함박눈이 끝나면 하늘은 얼음이 되어 땅에 눕게 되는가. 하늘도 없고 땅도 없고 얼음만 남겨지리라. 아, 그 얼음 위에 남겨질 사람 누구일까. 얼음 얼음 위로….

어름우희 댓닙자리 보와 님과 나와 어러주글만뎡
어름우희 댓닙자리 보와 님과 나와 어러주글만뎡
情情들 오날밤 더듸 새오시라 더듸 새오시라.

얼음. 댓 닢. 투명한 얼음 위에 청청한 푸른빛의 댓 닢이 덮이고, 그 위에 눕혀지는 남녀 한 쌍의 뜨거운 몸. 얼음 위에 댓 닢 자리 깔고 누워, 임과 내가 얼어 죽을망정, 정을 둔 오늘 밤 더듸 새오시라! 더듸 새오시라!

세상에 다시없을 뜨거운 몸과 마음이 얽힌 정한情恨의 노래. 몸을 태울 수 있는 여자의 행복, 그것은 타고나는 것일까. 스스로가 개발하는 것일까. 누구에 의해서 개발이 가능한 것일까. 그것은 몇 해 전부터 이따금 떠오르는 궁금증이었지만, 그 궁금증은 좀체 풀리지 않았다. 여자의 나이 서른여섯, 결혼도 해보았고 아이를 가져본 일도 있었다. 열 달을 다 채우지 못한 조산으로 아이를 잃기는 했었지만 산고産苦

가 어떤 것인지 겪어 보기도 했다. 첫 번 결혼한 남자와 다 살아내지 못하여 이혼의 경력도 생겼고, 아내 있는 남자와의 치정에 묶여, 기나긴 고통의 행로를 거쳐 온 일도 있었다.

빙산 같은 여자의 가슴 저 깊은 곳에서 춥고 추운 탄식이 흘러나왔다. 나는 사마리아의 여자. 나는 사마리아의 여자다. 남의 눈을 피하여 뜨거운 한낮에 우물물을 길러 다녀야 했던 사마리아의 여인. 서늘한 시간에 마음 놓고 서로 어울려 우물물을 긷는 다른 여자들과는 어울릴 수 없고, 이웃의 시선을 피하여 아무도 다니지 않는 뜨거운 한낮에 홀로 우물을 길어야만 했던 여인. 사마리아의 여자는 조상 야곱의 우물로, 그렇게 남의 눈을 피하여 물을 길으러 다녀야 했다. 어느 뜨거운 한낮, 몰래 물을 길러 갔던 여자는 우물가에 홀로 앉아 있는 남자와 마주쳤다. 뜻밖에도 유대 사람이었다. 사마리아 사람과는 상종을 하지 않는 유대 남자. 그는 행로에 무척 지친 모습으로 우물가에 앉아 있었다. 여자는 낯선 행인을 피해서 되돌아가야 할는지, 멈칫거렸다. 그러자 유대 사람이 말을 걸었다. "나에게 마실 물을 좀 길어 줄 수 있겠는가?" 여자는 황망했다. 유대 남자가 사마리아의 여자에게 마실 물을 청하다니. 여자는 한동안 입을 열지 못하다가 용기를 내어 조심스럽게 말했다. "선생님은 유대 사람인데 어떻게 사마리아의 여자인 저에게 물을 달라 하십니까?" 유대 남자인 그분이 말씀했다. "여자여, 네가 하나님의 선물에 대하여 알고, 또 지금 너에게 물을 청하는 사람이 누구인지를 알았더라면, 도리어 네가 그에게 물을 청하였을 것이고, 그는 너에게 생수生水를 주었을 것이다." 유대 남자의 그윽한 시선은 눈부셨다. 여자는 그 시선 속에서 당황해하며 숨을 고르고 반문했다. "선생님, 이 우물은 퍽 깊습니다. 선생님께서는 두레박도 없는데 어디서 생수를 구하신다는 말입니까? 선생님이 우리 조상 야곱보다도 크신 분이라는 말씀입니까? 야곱은 저희들에게 이 우물을 주셨고, 그와 그 자녀들과 그 가축들까지 다 이 우물을 마셨습니다." 조심스럽기는 했지만 여자의 말은 당돌했다. 유대 사람은 다시 여자를 그윽하게 바라보며 차분하게 입을 열었다. "보아라, 이 우물을 마시는 사람은 다시 목마를 것이다. 그러나 내가 주는 물을 마시는 사람은 영원히 목마르지 아니 할 것이다. 내가 주는 물은 그 사람 속에서 영생에 이르게 하는 샘물이 될 것이다." 영생에 이르게 하는 샘물이라니! 영생! 샘물! 여자는 그때부터 눈부신 유대사람을 똑바로 바라볼 수가 없었다. 이분이 영원히 목마를 일이 없는 생수를 주실 수 있는 분이라니! 그때, 사마리아 여자의 시간이 멈췄다. 여자는 전신을 떨면서 가까스로 입을 열었다. "선생님, 그 물을 부디 저에게 주십시오. 제가 목마르지도 않고, 또 번번이 이 물을 길으러 여기까지 나오지도 않게 해 주십시오." 유대 사람이 다시 시선을 들어 여자를 향하여 조금 엄격하게 말씀하셨다. "여자야, 가서 네 남편을 불러 오너라" 남편을 불러 오라니! 남편을? 이 사람이 누구이기에 이런 엉뚱한 요구를 하는가? 대낮, 우물가에서 만난 이 사람이 도대체 누구이기에 이렇게 내 양심을 가차 없이 찌르는가? 유대 사람의, 어떤 거역할 수 없는 위엄이 여자를 꼼짝 못하게 만들었다. 여자가 황망해 하며 한걸음 물러나며 간신히 들릴만한 목소리로 대답했다 "선생님 제게는 남편이 없습니다." 유대 사람이 여자의 속을 꿰뚫어 보듯 깊은 시선으로 여자를 향하여 입을 열었다. "남편이 없다는 네 말이 옳구나. 지금까지 너에게는 남편이 다섯이나 있었고, 지금 같이 살고 있는 남자도 네 남편이 아니니, 네가 정직하게 말하였다" 여자는 몸 둘 바를 모르고 두려워 벌 벌 떨다가 간신히 입을 열었다. "선생님, 선생님은 예언자이십니다." 여자는 누가 이끌어 가듯, 허리를 굽혀 유대 사람에게 경배했다. 그리고 아주 낮은 목소리로 말했다. "우리 조상은 이 산에서 예배를 드렸는데, 선생님네 사람들은 예배를 드려야 할 곳이 예루살렘에 있다고 합니다." "여자여! 네가 진정 예배드리기를 원하느냐? 여자여 내 말을 믿어라. 너희가 아버지께, 이 산에서 예배를 드려야 한다거나 예루살렘에서 예배를 드려야 한다거나, 하지 않을 때가 올 것이다. 너희는 너희가 알지 못하는 것을 예배했고, 우리는 우리가 아는 분을 예배한다. 구원은 유대 사람들에게서 나기 때문이다. 참되게 예배를 드리는 사람들이 영광과 진리로 아버지께 예배를 드릴 때가 온다. 지금이 바로 그 때이다. 아버지께서 이렇게 예배를 드리는 사람들을 찾으신다. 하나님은 영이시다. 그러므로 하나님께 예배를 드리는 사람은 영과 진리로 예배를 드려야 한다." 여자는 그 말씀을 듣는 동안 세상도 자기 자신도 간곳없어지고, 오직 말씀하시는 그 분만 천지를 가득 채우고 있음을 알았다. 여자가 허리를 굽히고 말했다. "저는 그리스도라고 하는 메시아가 오실 것을 압니다. 그분이 오시면, 우리에게 모든 것을 알려주실 것입니다." 유대 사람이 깊고 깊은 음성으로 말씀하셨다. "지금 너에게 말하고 있는 내가 바로 그다!" 여자는 하늘에서 쏟아져 내리는 빛 가운데서 그분을 바라보았다. 그 때, 마을로 음식을 구하러 갔던 그분의 제자들이 돌아왔다. 여자는 물동이를 버려둔 채 날듯이 그 우물가를 떠났다. 남편 다섯을 거쳐 갔던 여자. 이렇게 살아 보아도 닿지를 않고 저렇게 살아 보아도 이를 수 없는 반려를 찾아 헤맸던 지난날이 재티처럼 날아 스러졌다. 날개를 얻은 듯, 여자는 부끄러움도 눈치도 볼 일 없이 마을로 달려가서 사람들을 외쳐 불러냈다.

사마리아의 여자는 그렇게 부끄럽고 고통스럽게 죄의 너울을 쓰고 있던 자리에서 예수를 만났다. 네가 남편 다섯이 있었으나 지금 있는 자도 네 남편이 아니니…. '늘 우물을 길러 다니면서도 목마르던 여자. 남자를 다섯 번씩이나 바꾸었으면서도 남자를 만나지 못했던 목마른 여자.' 사람들로부터 "화냥질 하는 여자."라고 손가락질을 받고, 더러는 욕설과 침을 뱉는 사람 앞을 지나가야만 했을 그 여자에게, 실제로는 남편이 없었으니, 그 비밀한 고통을 어찌 타인이 알 수 있었으랴. 그러나 사마리아의 여자는 남편 하나를 찾겠다는 그 일념一念을 버리지 못했다. 버릴 수 없었다. '이 세상 땅 끝까지 더듬고 헤쳐서라도 그 한 사람, 남편을 찾아내고야 말리라' 했다. 남편이라는 존재는 사마리아의 여인에게 절대적인 우상偶像이었다. 사마리아의 여인은 그 우상을 찾아 끝을 모르고 헤맸다. 그러나 그 우상은 좀체로 손에 잡히지 않는다. 이것인가 붙잡아 보면 아니었다. 저것인가 붙잡아 보아도 아니었다. 붙잡고 있는 동안 여인에게는 계속 누명이 덧입혀진다. 화냥년! 세상이 손가락질 하는 화냥년의 진심이 무엇이었는지 세상은 알 수 없었다. 오직, 한 사람, 자신을 아낌없이 있는 그대로 던져 줄 사람, 그 한 사람, 몸과 넋을 아낌없이 건네 줄… 생명을 던져, 생명과 생명이 흘러들고, 흐르는 생명을 기꺼이 받아들일 수 있는 그 한 사람을 만나는 일. 그것은 때 묻지 않은 염원이었다. 오오, 그 사람은 어디에 있는가. 오직 한 사람, 이 세상 그 많은 사람 중에 단 하나뿐인 그 사람인데, 그 사람을 만날 길이 없었다. 예수는 사마리아의 여인이 겪고 있는 슬픔과 고통과 부끄러움을 알고 있었다. 다 곪은 종기를 단번에 찔러 고름을 터뜨리듯, 단도직입적으로 그 우상을 내어 보이라 하셨다.

*

눈은 계속해서 내렸다. 시간도 마다하지 않고 공간에 구애됨도 없이 그저 계속해서 내렸다. 내일은 이 눈길을 헤치고 아이누 마을을 찾아갈 수 있겠다. '아이누.' '사람'. 사람이라 불리는 아이누를 찾아가리라. 여자는 창 앞에서 돌아섰다. 그러나 잠자리에 들지 않고 방을 빠져나갔다. 희미한 불빛 아래로 일본식 건물의 복도가 동굴처럼 휑하게 드러났다. 그는 슬리퍼를 신지 않고 발끝으로 조심조심 복도를 지나 초저녁에 들렀던 욕탕을 찾아갔다. 젖어서 불어터진 욕실 입구의 마루창이 그의 발가락에 눅진하게 밟히고, 유리창 저쪽의 욕실에는 뽀얀 김이 가득하여 뜨거운 구름이 서려 있는 것 같았다. 탈의실에서 여자는 옷을 벗었다. 허리띠를 풀자 옷은 저절로 미끄러져 내렸다. 옷 바구니 선반 옆으로 등신경等身鏡이 걸려 있다. 문득 얼굴을 들던 여자는 소스라치며 두 팔로 가슴부터 가렸다. 그리고 달아나듯 거울 앞에서 돌아섰다. 누구에게 들킨 것처럼 부끄러웠다. 욕탕의 문을 열자 유리문의 문소리는 와그르르 웃어젖히듯 크고 큰 소리로 조심성 없이 울렸다. 자욱한 수증기 한가운데서 새파란 물이 뜨거운 김을 올리며 충충하게 흘러넘치고 있다. 여자는 수증기 속으로 빨려들어 갔다. 낮은 촉수의 불빛 속에서 제멋대로 몸을 틀던 수증기는 그네를 기다렸다는 듯 일제히 그 분홍빛 몸에 감겨들었다. 그는 잠깐 물을 내려다 보았다. 더운 물은 자신만만하게 여자를 기다리고 있었다. 늠름하다. 물은 서두르지도 않았고 그렇다고 냉담을 가장하지도 않았다. 잠깐 망설이던 그는 부끄러움을 타는 여자가 되어 물가로 갔다. 그리고 조심스럽게 발을 먼저 담갔다. 그의 몸이 물 속 깊숙이 미끄러져 들어갔을 때, 그 늠름하던 물이 희열喜悅에 경련하는 것을 보았다. 물은 뜨거웠다. 견디기 어려웠다. 그러나 입을 꼭 다물고 숨을 가다듬으며 견뎌냈다. 그것은 아낌없이 주는 기쁨, 풍덩 빠져든 흐뭇함. 한동안이 지나자 첫 순간의 달뜸이 가라앉았다. 체온은 물의 온도를 받아들였고, 물은 첫 순간에 일으키던 떨림을 진정했다. 여자는 잠깐 눈을 감았다 뜨며 속눈썹에 서렸던 수

증기가 녹아내리자 물속에 잠겨 있는 자신의 분홍빛 몸을 들여다보았다. 그것은 숨어서 핀 분홍빛 꽃. 뜨거운 물속에서 핀 탄력 있는 꽃이었다. 무수한 언어言語를 지니고 있으면서도 침묵하는 꽃. 서른여섯 살. 그러나 그 앞가슴은 아직 다 피어나지 않은 꽃이었다. 젖을 물려본 일 없던 가슴이다. 조산된 아기가 입을 대본 일 없이 그냥 떠났기 때문에, 한동안 붓던 젖을 짜낸 일은 있었지만 유두乳頭는 꽃눈 같았다. 그리고 예쁜 발, 발가락 다섯 개의 뼈가 가늘고 고르며 발톱이 앙증맞은 하얀 발. 여자는 자신이 지니고 있는 아름다움이 이런 것이었던가. 새롭게 눈을 뜨며 놀라워했다. 그것은 경이驚異요, 감동이었다. 그네는 갑자기 울음이 복받쳐 올라서 숨을 들이켰다. 자신이 지니고 있는 아름다움이 너무도 새삼스럽고 아까웠다. 그네는, 물에 잠겨 있는 자신의 몸을 숨죽여 내려다보다가 고개를 들고 한숨을 삼켰다. 그리고 잠깐 자조自嘲했다. 나이 서른여섯에 제 이차二次 나르시시즘이 시작되는 여자. 리비도. 그 촉수觸手가 밖으로 뻗혀져야 하는데, 어떻게 하다가 다시 안으로 굴절屈折되고 말았을까. 나르시시즘. 리비도가 자기 자신을 향해 촉각을 돌린 상태. 이건 병病이다. 그네는 나르키수스의 운명을 생각했다. 에코오의 사랑을 받아들이지 않은 죄로 벌을 받았던 나르키수스. 나르키수스에게 내려진 형벌도 다른 것이 아닌, 호수에 비쳐진 자기 모습에 홀려, 먹는 것도 자는 것도 잊은 채 계속 그 모습만 지켜보다가 여위고 여위어 끝내는 한 포기 수선화가 된 이야기. '나는 도대체 어디서 와서 어디로 가려고 하는 것인가. 진정 어디로 가기를 원하고 있을까. 이 병의 병소病巢에는 무엇이 들어 있을까. 그리고 이 병은 언제부터 시작된 것인가'

그네는 방에다 두고 온 남자를 생각했다. 우람한 남자. 몸집만 우람한 사내. 오십의 문턱에 발을 딛고 선 사람. 오늘 밤, 그 남자는 여자에 대하여 섭섭하고 노여운대로, 근심도 노여움도 접고 모든 것을 덮어 둔 채 깊이깊이 잠들어 꿈도 없이 잠을 자고 있을 사람. 도대체 나는 무슨 일을 저질렀는가? 동댕이치듯, 함부로 던져버리듯 자신을 던져버리다니―. 그네는 절망적으로 고개를 흔들었다. 땅 끝과 같은 이 자리에서 분연히 발길을 돌려야 한다. 감연하게 돌아서야 한다. 저 남자를 떠나자. 결연하게 저 남자 곁을 떠나 내 자리로 돌아가야 한다. 그런데 도대체 나는 무슨 짓을 계속 저지르고 있는가. 어쩌자고 이 땅 끝과도 같은 자리까지 와버렸는가. 내일이면 저 사내를 내버리고 훌훌 떠나갈 수가 있을까.

*

 날이 새면서 눈이 그친 듯. 그네는 꿈속에서 눈이 그친 것을 알고 그것을 아쉬워하면서 눈을 떴다. 아, 눈이 그치는구나. 눈이 그쳤다. 눈이 그쳤기 때문에 그의 잠도 끝났다. 눈을 뜨는 순간, 여자는 자기의 잠든 얼굴을 내려다보고 있던 남자의 잘생긴 얼굴을 한눈 가득하게 받아들였다. 남자의 부리부리한 눈이 무엇인가를 불가해하며 골똘하게 여자를 지켜보고 있었다. 그러다가 그네가 눈을 뜨자 남자는 무척 반가와 하며 안도의 웃음을 머금는다. 잘 생긴 말이 웃는 것 같네. 그네는 그런 느낌 때문에 웃음이 나왔다. 잘생긴 중년 남자였다. 사교계에서의 그의 별명은 '무스탕'이다. 2차 대전에서 연합군에게 승리를 안겨다 준 전투기의 이름. 멋지고 날쌘 전투기. 무스탕이라는 별명이 무색하지 않은 남자였다.
 "밤새도록 내리던 눈이 멎었어."
 남자는 여자를 그렇게 들여다보던 것을 들킨 것이 조금은 무안한 듯 서둘러 말했다.
 "잠깐 뜸 들이는 거겠죠."
 "아냐, 해도 나왔어. 눈부신 해야."
 아침 해는 장지를 찢을 듯이 들어차 있었다. 그 찬란한 햇빛은 그 분량만큼 그네에게 절망으로 부딪쳐 왔다. 여자는 눈을 감았다. 아무리 아침 해가 찬란해도 그것은 상관없는 빛이다. 이것은 아닌데… 이런 것이 아니었다. 그네는 그때까지 상상한 일이 없던 어색한 장면 속에 누워 있는 자신이 너무도 이상했다.

"나는 배가 고픈데…. 아홉시가 넘었어." 남자는 어리광 섞어 말했다. 그네가 일어나 앉자 남자는 장지문을 밀어 활짝 열며 상쾌한 목소리로 소리쳤다. "야아 굉장한 설경이군. 이건 정말 장관인데에! 잘 왔어, 우리 정말 잘 온 거야. 북해도의 설경은 정말 대단한 거로군." 남자는 뒤를 돌아보았다. "목욕부터 하겠어? 난 벌써 아침 목욕을 끝냈는데, 당신 말이야, 어찌나 곤하게 자던지 그게 고마워서 난 고양이 걸음을 했었지. 이 덩치를 가지구 살금살금 다니느라고 신경 꽤나 고달팠거든."

그네는 남자가 깊이 잠든 사이에, 욕실에서 올라오자 수면제를 복용한 것에 대해서 말하지 않았다. 그네는 앞가슴을 여미 허리띠를 조르며 창가로 갔다. 몸을 풀던 하늘은 어디로 갔을까. 산봉우리도 뭉긋, 골짜기도 뭉긋, 지붕도 길도 덮어버린 이 적설積雪이 누구의 짓이더냐 하듯 하늘은 투명했다. 이번에는 햇빛이 찬란한 손짓으로 눈밭을 다지고 있었다. 그러나 햇빛도 그 순백의 눈세계 앞에서는 갈팡질팡

했다. 햇빛도 순결純潔의 눈을 벅차하고 있었다. 자동차 몇 대가 눈길을 뚫고 가만가만 지나가고 있다. 집의 모양이 조금 드러나기 시작한 지붕에, 길고 짧은 고드름이 매달려 금빛으로 눈부시게 빛났다. 고드름은 제각기 길고 짧은 제 음색音色을 가지고 청아한 소리로 노래를 부르고 있다. 그 소리는 눈밭으로 스며들었다. 눈 천지는 숨겨진 음률音律을 안고 하늘과는 상관없는 모습을 하고 있었다.

"밥을 올려 오라고 할까? 우리가 내려갈까?" 그네는 남자의 말을 들으면서, 청명한 날씨 앞에 다시 한 번 몰래 절망했다. 남자는 무슨 낌새를 알아차렸는지 목소리를 돋우어 그네의 눈치를 보며 입을 열었다. "날씨가 이 정도라면 아이누의 마을을 찾아 나설 수도 있겠는데."

그네의 심기에 한껏 마음을 쓴 말투. 선심 중 선심이다.
"눈이 많이 쏟아지면 길을 못 떠날까요?"
그네는 남자가 마음먹고 아이누를 찾아가겠다는 말에, 생기를 띠고 상대를 바라보았다.

*

아이누 족族. 당당한 골격骨格에 이목구비가 수려한 종족이라고 했다. 숱이 많은 검은 머리에 눈빛이 예리하게 빛나는, 털이 많은 종족이라고 했다. 남자들은 잘 생긴 모습에 용맹을 곁들였고 여자들은 검은 눈에 정열이 넘치는 미인. 그들은 자연을 사랑하여 자연 속에 완전히 동화된 자연의 한 부분으로 살았다고 전해진다. 지시마[千島] 아이누, 사할린 아이누, 홋카이도 아이누 등 세 종족[種族]으로 나누어 부르고 있지만 옛날에는 일본 동부[東部]를 거의 다 차지하고 살던 본토 사람들이라고 했다.

그러나 어제 도착한 홋카이도는 아이누를 연상하고 상상할 수 있는 곳이 아니었다. 북국의 하늘을 가르고 치닫던 여객기가 내려앉은 지또세[千歲市]의 비행장은 그 규모가 놀라울 만큼 크고 세련되어 있었고, 공항에서 삿포로까지는 총알처럼 달리게 되어 있는 탄환도로[彈丸道路]였다.

아무리 눈을 씻고 찾아보아도 아이누의 흔적은 그 어느 곳에도 없었다.

삿포로 시내의 으리으리한 현대화. '삿포로'라는 이름도 아이누인들의 말로는 '삿포로베버츠', '말라버린 큰 개천'이란 뜻으로, 그들이 자기네들의 말로 이름 붙여 살던 곳이었건만, 토박이 임자는 간곳없이, 혼슈[本州]에서 건너온 사람들이 판을 치고 있었다. 한 세기 전까지만 해도 그곳은 철저한 미개지였다. 우거진 삼림[森林]지대여서 대낮에도 해를 보기 어려웠고, 그렇게 침침한 숲 속에는 곰, 노루, 늑대들이 살고 있어 아이누들의 사냥터가 되어 주었던 낙토樂土였다.

이제는 당당한 현대도시로 둔갑하여 온갖 빌딩들이 키를 겨루고, 호화롭고 번화한 상점가의 불빛이 밤을 낮으로 삼고 어지럽게 돌아가고 있지만, 시가지 곳곳에 몇백 년씩 된 느티나무가 아직도 버티고 있어, 자연의 일부만이 옛날의 장엄莊嚴을 말해주고 있었다. 그러나 아이누의 흔적은 그 어느 구석에서도 찾아낼 수 없었고 아이누라는 이름조차 눈에 띠지 않았다. 도대체 아이누 족은 어느 곳으로 숨어버렸을까. 어느 곳에 숨어 살고 있을까.

*

"그래, 이렇게 눈이 다시 쏟아지는데 아이누를 꼭 찾아나서야 하겠소?"

아침에 여자를 달래 주듯 아이누를 찾자 하던 남자는 몇 시간이 지나자 마음이 바뀐 듯 볼멘소리를 했다.

"오늘 당장 찾아내지는 못한다 하더라도, 수소문이라도 시작해 보는 게 좋지 않겠어요?"

그네도 남자의 심기를 살펴가며 조심스럽게 운을 뗐다.

"그랬었군. 그 잘난 아이누를 찾아 갈 욕심으로 이렇게 눈부시게 얼굴을 가꾸었구먼."

남자는 크고 두툼한 두 손을 모아 여자의 얼굴을 받쳐 올렸다. 남자의 손은 화장을 곱게 한 여자의 얼굴을 감싸고 집어 삼킬 듯이 눈총을 쏘아댔다. 남자의 손은 여자의 얼굴을, 무슨 열매를 받들 듯 받치고 있었고, 그네의 얼굴은 그 크나큰 손안에서 아주 작은 열매처럼 예뻤다. 남자는 무슨 분풀이라도 할 양으로 낯을 찡그리다 말고 한참 만에 손을 풀며 혼잣말로 중얼거렸다.

"북국의 겨울 해는 아주 짧은데…. 점심을 조금 늦게 먹다 보면 해가 진단 말이야…."

그러나 그네는 남자의 말을 조금도 개의치 않는 얼굴로 눈이 쏟아지는 밖을 바라보았다. 남자는 고집쟁이 계집아이를 끌고 나서듯 조금 화가 덜 풀린 표정으로 여자를 데리고 방을 나섰다. 막상 방을 나섰으나 아이누를 찾는 일이란 참으로 난감한 일이라는 듯, 그 우람하던 어깨를 기운 없이 늘어뜨리고 있었다. 남자는 속으로 화를 냈다. '빌어먹을 아이눈지 개 뼉따귄지 그게 무슨 상관이 있다고 이렇게 끄들려 다녀야 하나? 아이누. 아이누. 아이누라니….' 그저 스쳐 지나가는 소리로 흘낏 들은 일은 있지만 관심할 일도 아니었고 궁금할 일도 없었으니, 남자에게는 처음부터 끝까지 생경하기만 한 이름이요 성가신 대상이 아닐 수 없었다. 아이누가 무엇 말라죽은 귀신이기에 이렇게도 이 행보에 질깃질깃 질기게 따라붙는지…. 남자로서는 도무지 어이가 없고 억울한 일이었다. '내가 어쩌다가….' 남자는 자기의 이런 꼴이 믿기지 않았다. 난생 처음으로, 아! 이 여자였구나! 생각되는 이 여자로 하여, 그 여자가 원하는 것이라면 하늘의 해라도 따다 주고 싶을 만큼 마음을 빼앗기고 있기에 망정이지, 이건 참 당치도 않은 노름인 것이다. 달을 따다 달라면 모를까, 하필 아이누라니.

남자는 복도에서 이십을 갓 넘어 보이는 작달막한 죠바(일본 여관에서 부리는 남자) 한 사람을 붙들고 유창한 일본말로 아이누에 관한 것을 물었다.

"혹시 아이누들이 모여서 살고 있는 곳이 어디쯤 되는지 아시오?"

"아이누요? 아이누?"

젊은이는 굵고도 짧은 시꺼먼 눈썹을 미간 쪽으로 치켜올리며 되물었다. 그러나 이쪽 남자는 행여나 하는 표정으로 반색을 하며 다가섰다.

"그렇소, 아이누를 알고 있소?"

"이름을 들은 일은 있지만 만나본 일은 없습니다."

"아니, 이곳에 살고 있으면서도 그렇게 깜깜이란 말이오?"

"아마 저만 깜깜이 아닐 겁니다. 아이누가 흔해야 그나마도 볼 수 있는 것 아니겠습니까? 아이누는 아마 거의 멸종됐을 겁니다."

남자는 젊은이의 말에 일차적으로 낭패의 기색을 띠었으나, 내심 속에서는 옳거니 그렇게 되어야 옳은 거다 하면서 안도의 숨을 몰아쉬었다. 그러나 옆에 서 있는 여자에게 통역을 할 때에는 대단히 유감스럽다는 표정을 크게 만들어가며 젊은이의 말을 충실하게 옮겼다. 하지만 그네는 쉽게 실망하지 않았다. 젊은이가, 도대체 이 사람들이 아이누를 찾아서 무엇 하려는 것일까 하는 기이한 표정이 되어 서 있는 것을 웃음 띤 얼굴로 바라보며 나직한 목소리로 말을 받았다.

"이런 풋내 나는 젊은이가 뭘 알겠어요. 처음부터 이런 사람을 붙잡고 물은 것이 잘못이죠. 탐색이나 조사는 이런 식으로 하는 게 아닐 거예요. 이 여관의 집주인쯤이면 나이도 꽤 지긋하고 할 텐데, 주인을 좀 만나자고 해보시면 어떨까요."

덩치가 큰 남자는 속으로 혀를 말며 젊은이에게 주인을 만날 수 있겠느냐고 물었다. 잠깐 기다려 보라고 해놓고 뿌르르 달려갔던 젊은이가 곧 나타나더니 안으로 안내를 했다.

안내된 방은 간결하고도 깨끗했다. 도꼬노마(일본 다다미 방 벽면에 따로 만들어 놓은 장식 칸)에는 국화와 산열매로 꺾꽂이를 한 이께바나(일본식 꺾꽂이)가 얌전했다. 한옆으로 다도茶道에 쓰이는 무쇠 화로며 다기茶器가 완벽하게 갖추어져 있었고, 깔끔한 비단 방석에 그림 몇 점, 주인의 거실인 듯했는데, 일본인들의 깎은 듯한 성미가 그대로 드러나 보였다. 티끌 하나 없이 정돈된 방이었다. 너무도 정갈했다. 구수한 구석이라고는 없이, 허물없이 발을 뻗을 수 없도록, 성깔머리 없도록 깔끔한 정경, 어느 한 구석 여운餘韻이 남겨질 자리가 보이지 않았다.

조심스럽게 문이 열리며 주인으로 보이는 초로初老의 일본 남자가 방으로 들어오더니, 깍듯하게 허리를 굽혀 인사를 했다. 키가 별로 크지는 않았지만, 전형적인 일본 남자 같지는 않았다. 균형 잡힌 몸매에, 이목구비가 반듯하면서도 따뜻해 보이는 얼굴에 꽤 세련된 교양의 분위기까지 자연스럽게 곁들여져 있어서 낯이 설거나 거북하지 않았다. 홋카이도 태생이 아니라 대처大處에서 먹물깨나 먹은 사람으로, 도회의 번잡을 피하여 자연을 찾아 들어온 지식인이 아닐까 싶었다.

"내외분께서는 어제 우리 집을 찾아 주셨다고요. 감사합니다."

주인은 무릎을 꿇고 앉으며 다시 한 번 깊숙이 절을 했다. 잘 접히는 무릎도 그랬고, 납죽이 굽히는 허리도 어찌나 나긋나긋한지 착착 개켜지는 비단 옷감 같구나 하고 그네는 생각했다. 그리고 주인의 말씨는 갓 쳐놓은 생률生栗같았다. 주인의 태도는 어찌나 정중한지 여자는 배역配役을 정하지도 않고 무대로 밀려 나와 세워진 사람처럼 황망해 하지 않을 수 없었다. 주인은 또 한 번 머리를 조아리며, 인사말의 마디마디를 날렵하게 다듬어 냈다.

"그만 제가 시내에 볼 일이 있어 나갔다가 집을 비운 바람에 두 분 오시는 것을 영접하지 못했습니다. 용서해 주십시오."

주인 남자를 바라보고 있노라니까 이쪽 남자가 갑자기 너무 투박하게 느껴졌다. 주인 남자가 하는 양을 잠자코 지켜보던 덩치 큰 남자는 빙긋이 웃으면서 좀 헐렁한 말씨로 대꾸를 시작했다.

"뵙자고 한 것은 다름이 아니라 아이누에 관한 것을 좀 알아보고 싶어서였습니다."

"아, 아이누 말씀입니까?"

주인은 뜻밖이라는 듯 놀란 표정으로 눈을 빛냈다. 투박한 남자는 주인의 빛나는 눈을 바라보며 '이 귀찮은 일이 구체적으로 먹혀 들어가려는 모양이다….' 꺼림해 하는 눈치를 감추지 못했다.

"아이누에 관한 것을 알고 계시다면 그들이 지금 어디에 모여 살고 있는지 그 마을을 일러 주실 수 있을까요"

"아, 이 깊은 겨울에 아이누를 찾고 계시다니. 아이누를 만나시려고 이 홋카이도까지 오셨습니까? 이번 홋카이도에서 열린 동계올림픽에 외국 손님들이 많이 오셨지만, 아이누를 묻는 분은 처음입니다. 이번 홋카이도 방문이 아이누를 만나시기 위하여 오신 것인지요?"

주인은 무릎으로 몸을 밀어 조금 앞으로 나서듯 하며 신기해서 어쩔 줄 모르는 표정으로 계속 되묻고 있었다. 주인의 진지한 태도에 조금 밀리는 기분이 들었는지, 덩치 큰 남자는 여자를 옆으로 바라보며 잠깐 눈을 맞춘 뒤에 웃음을 곁들였다.

"뭐 꼭 그렇다고는 말할 수 없겠지만, 이곳에 머무는 동안 아이누를 꼭 만났으면 합니다."

"혹시⋯ 인류학人類學을 전공하고 계신 것 같군요."

남자는 주인의 말을 여자에게 통역해 들려주며 조심스럽게, 그러나 약간은 장난스럽게 웃었다.

"이것 봐요. 이 주인도 놀란 얼굴로 인류학을 전공하느냐고 묻고 있잖아. 당신이 학자처럼 보였다면 이 친구의 사람 보는 눈이 어떻게 된 거 아니겠어? 이 눈 천지 속에서 굳이 아이누를 찾아 나서겠다고 하니, 그게 다 별난 일로 보인단 말이요."

덩치 큰 남자는 두툼한 손을 들어 홰홰 내어젓듯 하며 주인의 말을 부정했다.

"인류학이라니요. 우리는 학문 때문에 그러는 게 아닙니다. 이곳 홋카이도의 원주민이 그들이었으니까 원주민을 찾아보자는 거지요. 홋카이도까지 왔으니 옛 주인을 찾아 인사라도 나누자는 것뿐입니다."

농담 비슷하게 말하는 손님을 바라보며 주인은 다시 머리를 조아렸다.

"아, 그렇습니까. 그러나 아이누에 대하여 관심을 가지고 계시니 반갑습니다. 이곳을 찾아주신 손님 중에 아이누에 관한 것을 물으시는 분을 거의 볼 수가 없었습니다. 대개는 온천을 목적으로 오신 분들이었으니까요. 또 이제는 아이누들의 원색原色도 조금 퇴색을 해서요. 그렇게 열렬한 관심을 갖는 분이 별로 계신 것 같지 않았습니다. 그러다가 이렇게 관심을 가지신 분을 뵙게 되니 놀랍고 반가워서 제가 실례되는 반문을 했던 것 같습니다. 용서해 주십시오."

주인은 무릎을 꿇은 채 다시 머리를 조아렸다. 그러더니 긴장을 풀어 보려는 듯 몸을 움직여 조심스럽게 다기를 챙기기 시작했다.

"차를 대접해 드리겠습니다."

여자는 장지문이 열려져 있는 쪽의 유리창 밖을 바라보았다. 눈이 아까보다 더 무거운 기세로 펑펑 쏟아지고 있었다. 여자의 옆모습을 지켜보던 남자는 주인을 향해 잠깐 머뭇거리다가 입을 열었다.

"사실은…, 지금 아이누를 찾아 떠나려던 길이었습니다만…."

주인은 주물鑄物 화로 불 위에 주전자茶罐를 올려놓고 다른 화로 위에서 끓던 물을 따라 부으며 차 끓일 준비를 하며 미소를 띠고 두 사람을 바라보았다.

"오늘은 이미 늦으셨습니다. 그나마 아이누가 모여 살고 있는 곳 중에 이곳에서 제일 가까운 곳이 시라오이白老쪽인데, 그곳으로 가시려면 삿포로 시내까지 가셔서, 또 그곳에서 국철버스를 타고 몇 시간을 달려야 하는데, 선생님, 아시겠지만 설국雪國의 밤은 성급합니다. 보십시오, 저 함박눈 송이 송이가 이미 어둠을 안고 쏟아지는 중입니다. 이 시간에 떠나 보셔야 시라오이 근방에서 눈 속을 헤매시기가 십상이겠지요. 오늘은 제가 아이누에 관해 아는 것을 낱낱이 말씀드릴 테니 내일 일찍 서둘러 떠나시지요."

주인은 자기의 말에 두 사람이 이미 설득을 당했다고 믿고 있는지, 차근차근한 솜씨로 차를 다려 찻잔에 부은 뒤 손님 앞으로 공손하게 대접했다. 다향은 눅눅한 공간을 맴돌다가 무겁게 가라앉았다. 주인은 두 손으로 받쳐 올려 소리 없이 입술을 축이던 찻잔을 내려놓으며 이야기를 시작했다.

"아이누…, 이곳까지 오셨다면 찾아 나서실 만한 대상입니다. 골격이 당당한데다가 이목구비가 반듯해서 얼굴이 아주 좋지요. 그 안광은 어느 종족에게도 없는 놀라운 빛입니다. 여인들의 검은 눈동자는 아리안족의 그 젖은 듯한 눈과는 또 다른 매력을 지니고 있습니다. 숲 속에서 곰을 잡고, 물 위에 배를 띄워 실 피리(絲笛)를 불며 호수에 물드는 석양을 노래하며 살던, 아주 평화롭고도 용맹스러운 종족이었습니다. 그들은 남들이 따라가지 못할 두터운 신앙심에 의리가 대단하던 사람들이었습니다. 정직하면서도 온순하고 예의가 바르던 사람들이었는데 그들을 망쳐 놓은 것은 '혼슈(本州)' 사람들이지요. 이 홋카이도를 손에 넣기 위해서 온갖 음험한 책략을 썼고, 그 책략은 아이누의 단순하고 선량한 기질을 얼마든지 속이고 주물러서 변질시켜 버렸지요. 혼슈의 약삭빠른 사람들은 형편없는 보수로 아이누를 부려먹었던 겁니다. 끝없이 혹사당하던 아이누들은 조금씩 눈치를 채기 시작했고 그 눈치를 알아차리자 그들도 당연하게 억울해 하기 시작했지요. 그 억울함이 그들을 게으르고 쓸모없는 사람들로 주저앉게 만들었지요. 그들은 자기네들이 이용당하는 것을 알아차렸고, 어차피 이용당하는 것, 곧이곧대로 성실을 다하면서 이용당할 필요가 없다고 판단했던 것입니다. 그리고 굳이 고생을 고집할 필요가 없겠다고 판단한 아이누들은 점점 '혼슈' 사람들과 피를 섞어 나가기 시작했습니다. 생활양식에서부터 언어, 옷, 먹는 것에 이르기까지 적극 동화되어 버려서 이제는 순종 아이누를 찾는 일이 좀 어려워졌습니다. 홋카이도를 일본 영토로 흡수한 것이 1869년 메이지[明治] 초기였으니까 벌써 일백년이 넘었군요. 그런데 일본 정부 측에서도 그렇게 쇠퇴해 가는 아이누의 멸종을 우려해서 정부가 서둘러 '홋카이도' 구토인舊土人보호법이라는 것을 만들었지만 그거야 이름뿐이지, 아이누 자신들도 그 보호를 받으려고 하지 않았습니다. 이제 가까스로 추려 본대야 한 일만 명이나 남았을까요. 하여간… 아이누를 만나는 일이 그리 쉬운 일은 아닙니다. 아사히가와[旭川] 쪽에도 몇 부락, 한 이만 오천 명 가량 살고 있다고는 하지만, 그들은 옛날 아이누들이 가지고 있던 순수함이랄까, 별로 친절하질 않습니다. 그 친절하지 않은 것을 나무랄 수도 없고요…. 그러니 웬만하시면….”

주인의 이야기는 담담하게 시작되었고, 그 담담한 어투와 태도가 처음부터 끝까지 여일했으나, 하고자 하던 말을 마무리할 때에도 앞에 앉아 있는 두 사람의 의도를 분명하게 알고 싶어 하는 기색이 완연했다.

"아이누가 부락을 이뤄 살고 있다는 아사히가와[旭川]는 시라오이[白老]쪽 보다도 훨씬 멀까요?"

이번에는 여자가 주인이 아닌 동행인 남자 쪽을 향하여 통역을 부탁하는 눈으로 물었다. 남자가 여자의 말을 받아 주인을 향해 일본말로 통역을 했다.

"그렇지요. 시라오이보다는 더 깊은 곳이니까요." 주인은 평생, 감정의 진폭을 크게 가져본 일 없는 것 같은, 지극히 잔잔한 표정으로 여자를 향해 대답한 뒤에 억양을 바꾸어 말을 이었다. "아이누에 관해서는 언제부터 관심을 가지셨는지요."

주인은 여자를 향해 묻고 있었다. 그 잔잔한 눈길에 이상한 저력이 있었다. 여자는 여관 주인의 눈길을 그 또한 흔들리지 않는 시선으로 마주 받으며 대답했다.

"아이누라는 단어가 아이누족의 말로 인간[人間]이라는 뜻이라는 것을 들었을 때부터였습니다. 대학교 이 학년 때였으니까 십수 년 전의 일입니다."

여자의 옆에 나란히 앉아 있던 남자도 동시통역의 역할을 담당한 품꾼처럼 두 사람의 대화를 열심히 통역하고 있었으나, 대화의 내용에 대해서 그는 열외자였다.

주인의 눈에 따뜻한 웃음이 스며들었다.

"그러면." 그는 말을 꺼내다 말고 여자의 얼굴을 다시금 고요한 눈으로 바라보았다. 감추어져 있는 무엇을 조심스럽게 찾아내기라도 하려는 사람 같았다. "그러면 처음부터, 홋카이도엘 오신 김에 아이누를 보고 가시겠다는 것이 아니셨겠군요. 아이누를 만나기 위해서 이곳엘 찾아오신 거로군요."

여자는 찻잔을 내려놓으며 시선을 떨어뜨렸다. 그리고 스스로를 다지듯이 결연하게 말했다.

"아이누를 찾겠다는 목적만으로 이곳엘 온 것은 아닙니다."

잠깐 침묵이 흘렀다. 그 침묵 속으로 함박눈이 내리듯 창밖의 눈송이가 더욱 크게 보였다.

주인의 차분한 음성이, 침묵의 눈 더미 속에서 연한 싹처럼 고개를 내어 밀었다.

"조금 전에 아이누를 만나는 것이 힘들다고 말씀드렸습니다. 순종 아이누를 만나는 일은 정말 어렵습니다. 그들이 먼 곳에 살고 있기 때문만은 아니죠. 깊은 곳에 살고 있어서만도 아닙니다. 그들의 자존심에 상처를 입히지 않고 만날 수 있어야 진정한 만남이 이루어지는 것이기 때문입니다. 그들은 이제 여간해서 타인을 믿으려 하지 않습니다."

주인의 말을 열심히 옮겨 들려주던 덩치 큰 남자가 이번에는 조금 뜻밖이라는 표정으로 자기 의견을 내세웠다.

"아이누들이 '혼슈' 사람들과 피를 섞으면서, 언어도, 먹는 것도, 입는 것도, 다 닮아가고 있어 이제는 멸종 위기에 있다고 하시지 않았습니까. 그런데 아이누의 자존심이라니요. 아이누의 자존심이 그렇게 대단한 것이라면 어떻게 지금과 같은 결과를 빚었겠습니까?"

"맞습니다. 문제가 거기 있는 것이니까요. 소위 '혼슈' 사람들이라고 하며 이곳으로 밀고 들어온 사람들의 악착스러움과 간교함이 그만큼 철저했던 것이지요. 처음에, 일본인들은 아이누를 그저 말할 줄 아는 짐승 정도로 다루었습니다. 처음부터 이루 말할 수 없는 방법으로 혹사했습니다. 아이누들은 살아남기 위해서 피를 섞을 수밖에 없었습니다. 지금의 이 '홋카이도'는 아이누의 땀과 피와 눈물로 다져진 땅입니다. 그러한 박해를 끝까지 견디며 순수하게 남아 있는 사람들이 지금의 아이누들이거든요. 그런데 이제 혼슈 사람들은 그 남아 있는 아이누를 '홋카이도' 토산품이나 명물처럼 여겨 관광자원으로 팔아먹으려 하고 있는 겁니다. 사실… 아이누로 말하자면 그들은 이 땅의 당당한 주인이었습니다. 그런데 이제 희귀종 구경하듯 관심을 가지려 하다니. 아이누들은 그것을 용서하지 못하는 것입니다. 당연한 일이지요. 혼슈 사람들이나 여행자에게 일말의 양심이 있다면, 그래서 아이누를 아이누로서 살아남게 하려면 아이누에게 아예 호기심을 갖지 않는 것이 옳은 일이 될 수도 있는 일 아니겠습니까?"

덩치 큰 남자가 한국말로 투덜거렸다.

"아니, 이 자는 지금, 당신이 아이누에 대해서 갖는 호기심을 나무라는 것 아니오? 나한테는 그렇게 들리는데?"

그네는 남자의 투박함을 들키지 않으려고 살짝 미소를 띠고 대구했다.

"꼭 그렇게만 들을 일은 아니지요. 이 주인은 일반적인 이야기를 하고 있는 것 아니겠어요?"

여자는 주인 남자의 단정한 앉음새에서 눈을 떼지 않았다. 그리고 그 주인남자의 혼魂을 향하여 속삭이듯 나직하게 말을 이었다. 투박한 동행도 알아듣기를 바라며 정성껏 이야기를 풀었다.

"나는 다릅니다. 그들을 구경하러 가는 것이 아닙니다. 그들을 만나고 싶은 거예요. 그들이 지키고 있는 순수함을 만나고 싶습니다. 그들의 순수한 피를 알아보고 싶은 거지요. 그들이 지키고 있는 자연을 함께 숨 쉬어 보고 싶어서입니다. 내가 얼마나 때 묻어 있는 인간인가를 그들을 통해서 알고 싶은 거죠. 내 오관五官에서는 기계기름 찌든 냄새가 나고 있어요. 문명이라는 것 속에서 오염될 대로 오염되고 시들어 버릴 대로 시들어져서, 어느 때는 내가 과연 사람인가 하고 의심이 들 때가 있습니다. 나의 사고력도 나의 판단도 나의 양심도 모두가 오염돼 있는 겁니다. 심지어는 나의 본능까지도 오염이 되어 있습니다. 나는… 오염되어 있지 않은 사람을 보고 싶은 겁니다. 그들을 만남으로 혹시 이 삶의 궤적에서 어떤 새로운 출구를 찾을 수 있을지도 모를 일 아닐까요."

여자는, 주인 남자가 알아듣지 못하는 한국어로 말하고 있었지만, 주인은 여자의 표정만으로도 무슨 내용인지를 알아들을 수 있다는 듯 진지한 자세로 귀를 기울이고 있었다. 그러나 이야기를 하는 동안, 그네는 스스로 방향을 찾지 않으면 안 될 상황에 이르러 있음을 깨달았다.

여자의 말에 오히려 엉뚱한 반응을 보인 것은 이쪽의 투박한 남자였다.

"그런 이지적이고 환상적인 얘기로 이 사람들을 다루려고 하지 말아요. 이 사람들은 무엇이든 곧이곧대로 듣는 사람들이니까. 그런 내용의 얘기는 이 여관 주인에게 혼란만 주게 되고 우리들 인상까지 구겨 놓기 십상이지. 갑자기 그렇게 어려운 이야기를 끌고 가면 우리가 얻으려는 정보를 얻을 수 없을지도 모르지."

그네는 고개를 돌렸다.

"당신은 우리말을 한 마디도 못 알아듣는 이 사람 만큼도 나를 이해하지 못하는군요. 이 주인은 한국말을 못 알아듣지만 내가 하려는 말의 뜻을 알아듣고 있을 걸요?"

"당신의 그런 개꿈 같은 소리를 이 여관 주인이 무엇으로 이해한다는 말이요?"

동행인 남자는 주인을 의식하여 화를 억누르고, 그러나 표정과는 달리 험한 말투로 여자를 윽박질렀다.

"이 사람은 적어도 당신처럼, 내 이야기를 개꿈이라고는 생각하지 않아요."

남자는 아차! 하는 표정으로 말을 늦췄다.

"여기서 이러고 있을 게 아니라 하여간 이 자리를 뜨고 봅시다."

남자는 여관 주인을 향하여 앉은 자리에서 허리를 굽혔다.

"여러 가지 좋은 말씀 감사합니다. 많은 도움이 되었습니다. 오늘은 이만 폐를 끼쳐야겠습니다."

주인은 마주 허리를 굽히면서 입을 열었다.

"한국에서 오신 분들께 이런 말씀 드리는 것이 실례가 되는 것 같아서 좀 망설였습니다만, 이곳은 한국에서 징용되어 끌려온 분들의 피땀이 스며있는 땅이기도 합니다. 홋카이도의 발전은 아이누와 한국인들의 희생 위에 세워진 슬픔과 비통의 탑 같은 것이기도 합니다. 홋카이도는 그런 것을 토대로 하고 보아야만 제대로 된 홋카이도가 보일 겁니다. 저희 집에 머무시는 동안 제가 할 수 있는 것이면 무엇이든 지 돕겠습니다. 말씀만 해주십시오."

주인은 두 사람을 따라 일어서면서 무엇인가 미진한 듯 말을 이었다.

"말씀을 들으신 일이 있는지 모르겠습니다만, 이곳 홋카이도에는 중죄인이 들어가는 아바시리[網走]…라는 이름의 감옥이 있습니다. 전설적인 감옥이었지요. 그 아바시리로 들어가는 곳에 '나미다바시[淚橋]가 있습니다. 눈물의 다리라는 뜻이지요. 그렇게 처절한 다리를 놓는 일에 조차, 일본 당국은 아이누와 한국사람, 그리고 그 밖의 억울한 사람들을 끌어다가 혹독한 노역을 시켰습니다. 혹사를 당한 인간들의 처절한 사연에는 일본 혼슈 사람을 향한 원한이 서려 있다는 뜻입니다. 그렇게 그 다리는 그들의 눈물로 다져진 셈입니다. 나미다바시는 눈물의 다리입니다. 건너가면서도 눈물을 흘리고 건너오면서도 울게 되겠지만 그 다리를 놓을 때에도 많은 사람들이 피눈물을 흘렸다는 뜻입니다" 주인은, 다시 나이 차이가 적잖은 이 한국 남녀의 어울림을 눈여겨 보며 무엇인가 속 깊은 뜻을 담고 있을 것 같은 여자 쪽을 향하여 정성들여 말을 이었다. "잘 알고 계신 것처럼 아이누는 인간이죠. 아이누라는 단어를 인간을 뜻하는 언어로 쓰면서 그들은 진정 사람답게 살던 사람들이었지요. 누구보다도 진실한 사람들입니다. 아이누라는 말 자체가 사람을 뜻한다는 것을 알고 계시지만…. 그래서 사람을 찾아보시려는 뜻을 알겠습니다만… 사람이 사람을 만나는 일, 세상에서 가장 아름다운 일이 되겠지만… 그렇게 쉬운 일이 아니겠지요."

주인의 말을 통역을 할 때, 덩치 큰 남자는 먹기 싫은 음식을 억지로 먹 듯, 상당히 기분 나쁜 표정으로 내던지듯 말했다. 그리고 역관 노릇을 끝낸 뒤에 혼자 말처럼 중얼거렸다.

"기분 나쁜 놈이군. 뭘 혼자서 대단한 것을 아는 것처럼 저렇게 떠벌리잖어?"

그러나 여관 주인은 무엇인가 더 이야기를 나누어야 할 것을 중도에서 강제로 중단 당한 것처럼 아쉬운 표정으로 두 사람을 따라 일어섰다. 두 사람은 주인의 배웅을 받으며 밖으로 나섰다. 목적지가 있었던 것도 방향이 정해진 것도 아니었다. 그들은 계속해서 쏟아지고 있는 눈에 이끌려 밖으로 나선 것뿐이다.

*

 길은 눈의 터널이었다. 제설차가 한 차례 지나가면 드문 드문 떨어져 있는 집들마다 눈 치우는 연장을 들고 나와 열심히 눈을 쳐낸다. 그러나 막무가내로 쏟아져 내리는 눈은 삽시간에 다시 길을 메워 놓았다. 아아, 여자는 탄식하며 하늘을 바라보았다. 숨을 들이쉬는 데도 눈, 내어 쉬는 데도 눈이었다.
 "신발이 괜찮겠소?"
 남자는 여자의 작은 발을 내려다보았다. 발목까지 닿는 가죽 장화는 이미 장화가 아니라 눈 뭉치였다.
 "괜찮아요."
 "거 여관집 주인 흉물이던데, 당신한테서 눈을 한순간도 떼지 않더군. 별로 기운도 없어 뵈는 작자가 대단한 입심이더군. 기분 나쁜 놈이야!"
 "그렇게 보셨어요? 저는 그 사람이 아이누에 대해서 남다르게 가지고 있는 그 정열과 동정이 무엇에서 시작된 것일까를 궁금해 하고 있는데."
 "무슨 놈의 동정이고 정열이겠어? 당신을 보고 신이 난 거겠지. 일본 남자들은 한국여자들에 대해서 조건 없는 호감을 가지고 있거든. 일본 여자들이 대체로 못생겼잖아? 그런데다 이 온천장 산골에서 당신 같은 여성을 만났으니 황홀했겠지, 게다가 지성까지 겸했으니, 안 그랬겠어? 어쨌거나 그 영감태기 꽤 기분 나쁜 놈이었어!"

그네는 입을 다물었다. 그리고 속으로 진저리를 쳤다. 그네의 내부에서 눈을 부릅뜬 절망이 여자 자신을 무연無然하게 마주보고 있었다. 오, 낯익은 친구여, 절망이여 너는 어디든지 따라 오는구나. 누가 있거나 어느 곳을 가거나 도무지 상관하지 않고 불쑥불쑥 나타나는구나. 도대체 이 절망의 근원지는 어디라는 말인가. 이, 바닥을 모르는 절망은 나에게서 무엇을 얻겠다는 것인가. 무엇을 찾다가 만나지 못하고 이렇게 헐떡이는가. 끊임없이 발돋움하고 애타게 손을 뻗혀 더듬는 그 대상은 무엇이란 말인가. 나는 사람을 찾고 있는가? 내가 갈망하고 있는 그 대상은 무엇인가? 정작 나 자신은 삶의 더듬이를 감추고 꼭꼭 숨어 지내고 있지 않는가. 누구의 눈에도 띄기를 바라지 않으면서- 아무에게도 들키지 않으려고 숨을 죽이고 있지 않는가. 끊임없이 스스로를 절망의 감옥에다 가두려 하고 있다. 내가 원하는 것은 자유인가. 아니면 소속되기를 열망하는, 어느 때부터 발생한 노예의 유전인자에 놀림감이 되고 있는가. 여자는 절망의 늪으로 걸어 들어가듯 눈이 쌓인 길을 묵묵하게 걸어갔다.

*

그네는 하루에 두 번씩 죽는 병을 앓고 있었다.

그네는 아침 해가 뜨는 것 때문에 죽음과 같은 절망을 앓았다. 저녁이 되면, 해가 지는 것 때문에 다시 절망에 빠지는 중병을 치러야 했다. 그것은, 어김없이 닥쳐오는 내일, 그 내일을 살아야만 하는 목숨의 무거움 때문에 생긴 중병이었다. 바닥없는 절망, 다시 이어지는 절망, 죽음으로도 끝나지 않는 막막함이었다. 해 뜨는 것이 그에게는 절망이었다. 아침에 잠에서 깨어나는 것은 공포였다. 무엇을 무서워하고 있는지도 알 수 없는 공포. 손이 닿지 않는 공포. 아침의 그 절망과 공포를 달래가며 가까스로 한낮의 일에 적응하는가 싶을 때면, 해가 뉘엿이 지는 저녁이 온다. 그렇게 시작되는 해질녘은 그에게 새로운 절망이 되어 숨을 가로 막는다. 그 중병을 껴안고 천신만고 끝에 잠이 들었는가 하면 다시 해가 뜨는 절망과 마주쳐야 했다.

하루에 두 번씩 죽는 여자. 그러나 죽음에 이르는 버릇과 절망을 앓는 것뿐, 죽음으로 끝나지 않는 고통이 되풀이되는 공포. '코카사스'의 바위에 묶여 있는 '프로메테우스'는 독수리에게 매일 간을 쪼여 먹히면서 새로운 날에 생성되는 간肝은 끝나지 않는 절망적인 싸움이었다. 여자의 아침은 새로 돋아나, 독수리에게 쪼아 먹힐 간이었다. 여자의 하루하루는 천신만고 끝에 정상에까지 끌고 올라간 바위가 정상에서 다시 바닥으로 굴러 내리는 시지프스의 바위덩이였다. 그리고 그네의 하루는 주검의 새에게 두 번씩 쪼아 먹히면서 다시 다음 날에 굴러 떨어질 정상의 아침을 맞이해야 하는 형벌에 묶여 있었다. 해가 뜰 때에 그 절망의 어두운 새는 어김없이 날아와 아침 해를 쪼아 먹었고, 해가 질 때면 틀림없이 날아와 잠이 들어야 할 시간을 가차 없이 쪼아 먹었다. 절망의 어두운 새는 어디에서 날아오는 것일까. 그것은 누가 날려 보내는 것일까. 그네는 그 무시무시한 새 앞에서 무력했다. 얼굴을 들고 물어볼 기력도 없었다.

*

그 시커먼 새는 우중충한 사내로 변신하여 나이 어린 그 여자에게 날아 왔다. 여자의 기억에는 색채가 없었다. 그리고 소리도 없었다. 여자는 스물한 살 때, 나이가 아홉 살이나 많은 남자와 몸을 섞은 첫 경험을 가졌다. 본능도 충동도 없었다. 뜨겁게 닳던 호기심이 있었던 것도 아니다. 그것은 태 덩어리가 아무렇게나 뒹굴러 다니던 것 같은 형편에서 발생한 꺼림칙한 조우였다. 몸이 무엇인지 몰랐다. 몸을 섞는 것이 무엇을 불러오게 되는 것인지 몰랐다. 다만 영악스럽게 거절한다면, 그렇게 열심히 달려드는 상대방을 모욕하는 짓 같았고, 그래서는 안 될 것 같았고, 어쩐지 무서웠다.

　순결이란 무엇일까. 순결이 무엇인가에 대하여, 그 의미를 생각해 본 일도 없었다. 순결을 두고 왜 그렇게까지 벌벌 떨며, 모두들 신주 모시듯 하는 것인지, 왜 다쳐서는 안 된다는 것인지 알지 못했다. 그 경험에는 고통도 없었고 쾌감도 없었다. 점액질의 수치심이 메슥메슥하게 전신을 가득 채우고 있었지만, 수컷과 암컷이 몸을 섞는 것이 겨우 이런 것이던가. 약간의 불결감과 수치심과 불쾌한 끈적거림. 그네는 상대방 남자에게 미안하여 그 수치심을 애써 감추는 기이한 기질을 타고난 여자였다. 신비? 사랑의 결합? 남자와 처음으로 몸을 섞을 때, 그네에게서는 단 한마디의 새로운 언어도 태어나지 않았다. 경험이 만들어 내야 할, 자신만의 삶의 언어가 생기지 않았다. 자신의 내부에서 끊임없이 솟구치는 비릿한 수치심 외에는 그 어떤 빛깔도 나타나지 않았다. 그 관계는 타성의 늪이었을 뿐. 그것이 타성의 늪이라는 사실을 어렴풋이 깨닫기 시작하면서 그 늪에서 다리를 빼려고 발을 옮겨 디디면 다음 걸음에서는 더 깊은 늪을 확인하게 될 뿐이었다. '에로스', 여자에게 그것은 낯설고 이상한 단어였다. 육욕은 그 여자에게 가면이었다. 남녀가 몸을 섞는다는 것은, 자신을 끝없이 음험하게 만드는 수치심을 죽이기 위해 자신을 파괴하고 무너뜨리려는 자학의 이름이었다. 자신의 값을 매길 줄 모르던 무지. 캄캄한 어둠에 갇혀 있던 영혼. 출구를 찾을 생심을 내지 못하던 무력한 존재에게 에로스는 여자 자신을 숨길 수 있는 음험한 동굴이었다.

첫 남자는 그 여자에게 열광했고 그 열광은 무간지옥처럼 여자를 단단하게 묶는 사슬이었다. 그네에게 섹스는 상대방과 공유할 수 있는 감각이 아니었다. 남자와 여자가 동등하다는 이치는 원천적으로 씨앗조차 심겨져 있지 않았다. 수컷은 암컷을 굴복시켰고 어느 때고 당당하게 군림할 수 있는 존재로 서 있었다. 결혼으로 결합이 되었어도, 여자에게 남편은 수치심과 굴욕감에 더께를 더하는 상대였을 뿐이다. 그네의 몸에는, 태어나던 순간에 숨겨진 비밀이 문신처럼 새겨져 있었다. 그의 출생은 생명의 반란처럼 던져졌다. 젊은 어머니는 그 딸을 낳기 석 달 전에 해 덩어리 같은 아들을 잃었다. 그리고 뱃속에 든 아기에게 해로울까, 그리고 행여 뱃속 아기가 아들이기 바라며, 아들을 잃은 통한의 눈물조차 마음 놓고 흘리지 못했던 어미는 아들을 잃고 석 달 만에 덜컥 딸을 낳은 것이다. 오직 뱃속 아이가 아들이기를 바라고 마음 놓고 울지도 못했던 산모는, 태어난 것이 딸이라는 것을 알고는 그때부터 통곡을 밥으로 삼았다. 식음 전폐, 마음 놓고 통곡하며 딸로 태어난 둘째의 운명을 저주했다. 그렇게 태어난 딸이었다. 그 딸은 구박으로 배를 불리며 자랐다. '타박네'였다.

굴욕감과 수치심은 여자가 스스로를 숨겨둘 수 있는 깊고 깊은 동굴이었다.

여자는 첫 남자에게 무릎을 꿇고 고백했다. "나는 당신을 사랑하지 않아요. 처음부터 사랑하지 않았어요." "나는 당신을 사랑하지 않아요. 무슨 짓을 해보아도 사랑이 무엇인지 짚어지지 않아요. 제발 용서해 주세요." 사랑이 무엇인지 도무지 가량할 수 없는 관계를 이어가면서 여자는 자신이 엄청난 죄를 짓고 있다는 것만을 깨달았다. 사랑하지 않는 남자에게 몸을 열었다는 것은 그 남자를 기만했다는 것을 의미한다. 그것은 관계의 사기극이었다는 것을 알았다. 남자는 여자를 윽박질렀다. "그러니까 너는 나하고 결혼을 해야 해. 나를 속인 것을 보상해 주기 위해서라도 나하고 결혼을 해야 한단 말이야." 순결이 없는 여자라는 것을 세상에 알리기 위해서라도 그 첫 남자와 결혼을 하는 것을 인생의 통과의례요 양심이라고 믿었다. 여자는 절망했고, 체념했다. 아, 정말 그럴 수밖에 없는 일인가. 결혼으로 그것이 보상이 된다면 결혼을 할 수밖에 없는 일인가…. 첫 남자는 결혼으로 여자를 묶어 놓고 칠년 동안 에누리 없이 여자를 모욕했다. 무직자로 빈둥거리면서 여자가 노예처럼 돈을 벌게 만들었고 노름빚과 술빚을 갚게 만들었고, 수없는 여자관계를 아무렇지도 않게 여기 저기 흘리고 다녔다. 남편은 여자가 치를 수 있는 모든 값을 받아냈다. 아내의 칠년은 그것들의 치다꺼리였다. 여자가 첫 남자에게서 놓여났을 때, 여자는 갈가리 찢긴 낭자한 모습이 되어 아무도 그를 알아볼 수 없을 정도로 피폐해져 있었다.

*

그네는 낭자한 상처 속에서 비로소 진정한 자신을 발견했다. 아픔은 존재에 대한 눈뜸이었다. 여자는 고통을 껴안고 비로소 놀란 눈으로 자신을 곰곰이 들여다보았다. 그리고 그는 비로소 깨달았다. 수치심 속에서 태어난 한 여자가 있었음을. 사랑을 통하여 태어난 것이 아니라 모욕과 수치심 속에 배태되어 여자가 되었던 자신을 알아보았다. 수치심 때문에 한사코 죽어버리기를 원했던 그때부터 여자는 서서히 병들기 시작했다. 오오, 누구인가 이 수치심에서 나를 건져줄 손길은 없을까. 나를 깨끗하게 죽어 없어지게 만들던가, 아니면 나를 이 설죽은 죽음 같은 수치심에서 다른 세상 밖으로 건져줄 사람은 없을까. 사람, 사람을 만나야겠다. 내게도 사람이 있어야겠다. 한 사람, 한 사람이 있어야겠다. 남편의 방탕은 무서운 채찍이 되어 그네를 일벌레, 돈 버는 기계로 만들었다. 여자는 소설도 썼고, 방송 원고도 썼고, 선생 노릇도 했고, 그리고도 틈이 나면 번역원고 일로 밤을 새우기도 했다. 그렇게 살면서도 견딜 수 있었던 것은, 하루에 한 차례씩 해가 지고 그 해 지는 시간을 마음 놓고 혼자 절망할 수 있는 그 자유 한 가지가 있었던 덕이었다. 그네는 그 시간에 죽음과 같은 외로움을 겪었고, 그 무엇으로도 구원 받을 길 없던 외로움은 그의 영혼을 위한 순결한 위로가 되었다. 외로움이 구원이었다.

절망은 중병이기는 했지만 그에게 있어 아무에게도 간섭 받지 않는 완전한 자유의 세계였다.

*

"삿포로 쪽으로 나가 보겠소?"

계곡을 벗어나자 눈의 두께는 산 밑 동리 같지 않아서 자동차들이 조심조심 오갔고, 행인들도 적잖이 눈에 띠었다.

그리고 번화한 길목에 이르자 함박눈의 소식은 끊어져 있었다. 방한복으로 몸을 꽁꽁 싸매고, 장화 속에다 발을 깊숙이 파묻은 젊은 어머니가 털모자를 씌운 둥싯둥싯한 아기를 납작한 썰매에 눕혀 끌고 다녔고, 더러는 썰매에다 물건을 싣고 다니기도 했다.

눈, 눈의 나라. 눈의 땅, 천지가 눈이었다. 사람이 다니는 길 외에는 모든 것이 눈에 파묻혀 있었다. 사람들은 눈 속을 허덕이며 다녔다. 그러나 그것이 조금도 힘에 겨워 보이지 않았다. 사람들은 눈에 완전히 동화되어 눈의 무게, 눈의 빛살, 눈의 냄새로 범벅이 되어 사는 듯, 그대로가 눈사람들이었다. 집집마다 나서서 제설기구로 눈을 쳐내고 있었지만 그것은 눈과 싸우자는 것이 아니라 눈과 친해지기 위해서 몸을 놀리는 움직임이었다.

빌딩이 비쭉비쭉 허리를 펴고 있는 삿포로 시가지의 눈은 또 달랐다. 아스팔트 시가지에서의 눈은 구박덩어리요, 천덕꾸러기였다. 기름때 섞여서 밀어 젖혀진 눈 더미요, 순결을 짓밟혀 더럽혀지고 구겨져 초라하게 죽어 있는 눈의 시신더미였다.

"홋카이도는 역시 눈의 나라로군. 우리가 역시 잘 왔어. 역시 잘 왔어. 그렇게 생각 안 해?"

호화롭고 번화한 상점가 앞에서 택시를 세우며 남자는 활

기차게 말했다. 남자는 한 팔로 여자의 어깨를 감싸 안으며 다정한 표정으로 여자의 얼굴을 굽어보았다.

"우리 기념으로 무엇 한 가지 장만할까?"

보석상의 쇼 윈도우가 눈부신 거리였다.

여자의 손에는 반지가 없었다. 희고 화사한 손은 아니었지만, 청결하고 근면해 보이는 여자의 손에는 표정이 있었다. 타협을 거절하고 있었지만 진가眞價를 기다리기 위해 무엇인가를 아끼고 있는 그런 손이었다. 남자는 여자의 자존심을 다칠세라 조심스럽게 다시 말을 꺼냈다.

"반지를 통 끼지 않더군. 없어서는 아닐 텐데…. 어때, 마음에 드는 것 하나쯤 고르면 기념이 되지 않을까?"

"나는 반지를 끼면 갑갑해요. 참기 어려울 만큼 갑갑해요."

그네는 진열장 앞을 빨리 지나가며 웃음 섞어 말했다. 남자는 섬기기 까다로운 상전을 만난 것 같은 표정으로 쇼윈도우 앞에 서 있다가 하릴없이 시적시적 따라 걸었다. 그리고 그런 때에 아무 말도 하지 못한다는 것이 스스로에게도 부끄러운 듯, 목에 걸린 소리를 한 마디 더 던졌다.

"아이누를 새긴 보석 반지가 있다면 좋겠구먼. 아이누가 새겨진 것…. 그러면 좋아라고 낄 것 아닌가. 안 그렇소?"

앞서가던 여자가 남자를 돌아보며 대답했다.

"아뇨. 아이누가 있다면 내가 반지가 되겠어요. 나를 반지로 만들어서 아이누에게 주겠어요."

　홋카이도. 삿포로. 생소한 이국의 밤거리. 눈으로 얼룩진 도회지의 밤거리에서 그네는 추위에 떨고 있는 영혼의 목소리를 들었다. 따뜻함을 갈망하고 있는 자신, 한없이 떨고 있는 영혼의 소리를. 추위 속에서 태어나 추위를 벗어나본 일 없는 영혼의 떨림을-

*

　결혼을 결심했을 때에도 여자에게는 반지가 없었다. 결혼할 남자로부터 아무것도 받고 싶지 않았던 것이 그네의 심사였고, 신랑이 될 남자라는 사람도 여자의 그러한 성격을 자랑삼아 내세우며 애당초 장만할 생각도 하지 않았다. 보다 못해 신랑의 숙부가 3부짜리 다이아몬드 반지 하나를 내어 주었지만. 그것도 별로 끼어본 일없이, 시동생짜리의 제대除隊비용인가 무언가로 흐지부지 녹아버리고 말았다. 여자는 반지에 대해서 무심했다. 어떠한 장신구에 대해서도 마찬가지였다. 더구나 그것을 남자로부터 받는 일에 대해서는 왜 그렇게 해야 하는 것인지를 처음부터 알지 못했다. 반지는 왜 남자가 주어야 하는 것일까. 알고 싶지도 않았다.

결혼할 남자에게 반지를 받지 않겠다는 속셈은 그네 홀로 몰래 품고 있던 어두운 음모였다. 그 결혼은 결혼이 아니라 절차를 거쳐 가는 통과의례 같은 것이었고, 그 절차를 치러야만 다음 단계로 넘어갈 수 있는 길이 열릴 것이라고 믿고 있었다. 당초에 반지 같은 것은 그네에게는 필요 없는 물건이었다. 반지 같은 것이 문제가 아니었다. 결혼의 진정한 의미나 사랑은 당초부터 불가해한 세계였다. 인간의 역사가 남자와 여자가 어울리는 것으로부터 시작되었고, 계속해서 남자와 여자가 합쳐져 자식을 낳아가며 번성의 역사를 이루었다면, 그 번성의 방정식이야말로 지루하기 짝이 없는 방정식이 아닌가. '이는 내 뼈 중의 뼈요 살 중의 살이라?' 남자의 갈비뼈에서 시작된 여자의 몸이 남자의 그러한 고백을 듣고 그것을 사랑이라 믿는다? 여자가 남자의 갈비뼈로 만들어진 존재라면 여자의 몸은 '본차이나(Bon China)'인가? 차갑고 단단한 그릇 노릇 외에 할 수 있는 일이 없겠다. 그런데 '뼈 중의 뼈요 살 중의 살이라'는 그것이 믿어지는가? 사랑? 사람들은 그렇게 입을 모아 사랑을 외치고 있는데 그 사랑이라는 단어야 말로 흉측한 기만은 아니었을까? 그네는 사랑이라는 말을 듣게 될 일도 없었고, 그 말을 듣고 싶어 한 일도 없었으며, 평생 누구에게 그 말을 건네줄 일이 있을 것 같지도 않았다. 그런 것이 있다는 것을 믿어 본 일도 없었다. 아무리 실감하려 해도 내 것이 될 수 없는 세계의 일이었다. 쓸리고 얼크러지며 엎어지고 잦혀지는 남녀의 문제이건만, 그에게는 끝내 으스스하고 꺼림칙한 수수께끼에 불과했다. 사랑. 사랑이라는 것이 실재하기에 사람들은 그렇게 호들갑을 떨겠지. 그것은 실재 존재하는 것이기에 저렇게들 모든 남녀가 서로를 탐하며 끊임없이 헐떡거리겠지. 그런데… 그렇게 헐떡거리는 그들은 그 사랑으로 무엇을 빚어내는가? 끝까지 함께하며 종내는 하나가 될 수 있는가?

그네는 사랑이라는 것을 믿지 않았다. 그가 묻혀 있는 땅속은 아무 것도 싹을 틔울 수 없을 만큼 메마르고 단단하며 캄캄했다. 그네의 육체는 황무지였고 영혼은 황량한 바람이었다. 전란과 가난과, 순筍이 잘려진 상처 난 영혼과, 미련 없이 부딪쳐 오는 것들을 피해갈 줄 모르던 얼뜬 상황이 불러온 첫 남자와의 첫 경험. 그 첫 경험은 그네 스스로 자신의 인식 속에 범죄로 낙인을 찍었다. 결혼이라는 결론은 스스로 판결을 내린 죄의 값을 치루는 목차의 첫 순서였다. 그것이 그의 어이 없고 싱거운 전반前半이었다. 출옥하듯 결혼을 벗어났을 때, 그는 그것이 자유라 믿었고, 드디어 새롭게 만난 한 사람으로부터 아 이것이 사랑이라는 것이로구나…. 영혼과 육체가 함께 떨리는 상황, 지금까지 찾아 헤매던 한 세상을 드디어 만났다고 믿었다. 황홀하고도 끝없이 아프고 고통스러운 인생연출. 그러나 그 만남도, 사랑의 정석처럼 이야기되고 있는, 첫 눈, 첫 순간에 불꽃이 튄 사건도 아니었고, 무슨 숙명의 낌새가 엿보여, 예감에 이끌린 그런 관계도 아니었다. 열세 살이나 나이가 많은, 아내 있는 남자였다. 대선배인 원로 작가가 마련한 저녁 자리에서 만난 대학교수였다. 아내가 불치의 병을 앓고 있다는 중년의 교수. 지극했다. 그리고 지금까지 구경한 일이 없는 멋도 아는 남자였다. 여자는 '아니지, 아니지.' 뒷걸음질 쳤으나, 남자 쪽의 강세는 여자가 달아날 길을 빈틈없이 막았다. 그 사내는 너무도 자신만만했고 당당했다. 여자는 별거別居 중이었었지만 그 두 번째의 남자로 해서 이혼 문제는 오히려 난마 같은 복잡함과 시끄러움을 야기했고 출혈 낭자한 결과를 낳았다.

*

그네의 몸이 두 번째 남자를 경험하기까지는, 사랑의 실감을 위한 기나긴 시간이 필요했다. 남자는 그 시간을 잘 기다려 주었고, 그래서 그는 그 남자가 참으로 여자를 존중하며 두 사람 사이에 이어진 끈을 고귀하게 여겨 준다고 믿었다. 여자가 아내 있는 사내를 간직하는 간난艱難과 신고辛苦

를 묵묵히 감내한 것은 그 남자가 한 여자를 가슴에 품고 있는 향념向念의 뜻을 그 나름으로 가장 값있게 받아들이고 있다고 믿었기 때문이다.

하지만 시간이 흐르면서, 그 지옥은 더욱 열도 높고 다채로운 방법으로 그네를 구체적으로 잔인하게 짓이겨가며 달려들었다. 그런데도 그네는, 두 손으로 단단히 움켜쥐고 있던 그 지옥을 놓치지 않겠다고 몸부림쳤다. 한 남자를 끝까지 섬겨내지 못하고 사내를 바꾸게 된 여자에게 들이닥칠 자신에 대한 치욕의 단계를 죽음보다 더 무서워하고 있었기 때문이다. 그네는 다음에 올 천국보다는 현재의 지옥을 붙잡고 있는 편이 옳다고 생각했다. 대학교수인 그 두 번째 남자는 그네의 그러한 내심을 알고서였는지, 내연이라는 어두운 관계의 밧줄로 단단하게 묶어둔 여자에게 포악해지기 시작했다. 포악은 때로 변태로 둔갑했다. 그것은 고양이와 쥐의 놀음. 여자는 사련邪戀의 노예였다. 여자를 구슬리기도 하고 한없이 어루만져 위무해주며 둘도 없는 보석처럼 다루는가 하면, 무언가 낌새를 만들어, 때리고 부수고 뒤흔드는 폭행을 규칙적으로 자행하는 잔인함을 키워갔다. 그러나 그러한 지옥을 붙잡고 있는 여자의 두 손은 조금도 지치지 않았다. 그리고 오직 지옥에서 떠오르는 해를 맞이하듯 그 상대를 바라보며 견뎠다. 그 사내는 그네의 지옥에서 매일 뜨고 매일 지는 태양이었다. 그 남자가 편안해 하며 웃는 것은 그네의 삶에 해가 드는 날이고, 그 사내가 화를 내는 날은 그네의 생활에 먹장구름, 폭풍, 천둥, 번개, 해일海溢, 그리고 지진이 일어나는 날이었다.

*

어느 날, 그 두 번째 사내는 온후하고도 상냥한 태도로 무슨 꾸러미를 내어 놓았다. 비단으로 만든 작은 반지함이었다. 비단 상자 속에는 붉은 석류석이 얌전하게 들어 있었다. 그는 보석을 열어 보이며 자상하게 설명했다.

"옛날 우리 집 일을 돌보아주던 서사書司의 아들이 외지 근무 끝에 보석을 몇 개 가지고 왔다더군. 그 중의 한 개라면서 석류석石榴石을 들고 와서 팔아 달라는데 그 자가 부르는 값이 어떤지를 알 수가 있어야지? 어떤가? 그 값이? 혹시 바가지가 아니겠어?"

그네는 친정 여동생의 손가락에서 와인 빛으로 손을 아름답게 장식하던 가아넷石溜石을 알고 있었다. 남편에게 극진한 사랑을 받고 있는 동생에게는 갖가지 보석이 많았다. 그 중 석류석을 동생은 퍽 좋아했다. "언니 참 이쁘지? 그렇게 고급 보석은 아니지만 난 이 색이 참 좋더라." 그네는 동생이 가진 보석을 오래전부터 구경하면서 석류석을 익히 알고 있었다.

"어때? 그 자가 부르는 대로 줘도 될까?"

"글쎄요, 저도 보석을 잘 알 수가 없어서…. 옛날 그 댁 일을 돌보던 이의 아들이라면 터무니없는 짓이야 하겠어요? 믿고 하시죠 뭐. 그런데 그건… 어디 쓰실 데가 있어요?"

"아니, 별로…."

남자의 태도가 하도 애매하여 그네는 잠깐 눈치를 보다가 제 뜻을 밝혔다.

"별로 쓰실 의사가 없으시면 제가 사겠어요. 마침 지닌 돈도 있고 하니…."

왜 그랬을까. 여자는 그 반지를 자기가 해 끼워야겠다는 생각을 잠깐 했다. 아니, 난생 처음으로 그 사내가 끼워 주는 반지를 끼고 싶다는 생각이 잠깐 스쳐지나갔다. 무슨 망령이 들었던가, 막연하게나마 그 반지를 그 남자가 만들어 끼워 주기를 바랐다.

"그 값이면 정말 괜찮은 거요?"

"잘은 모르겠지만 비싼 것 같진 않아요."

며칠 뒤에 그 남자는 그 석류석을 다시 가지고 나타났다.

"내가 사기로 했어."

그녀는 속으로 미소했다. 예상한 일도 없던 묘한 기대감이 새순처럼 고개를 내밀고 있었기 때문이다. '꼼꼼하고 세밀한 사람이니까 자기가 반지를 맞추어다 주려나 보다. 내가 사겠다는 것을 굳이 자기가 사 버린 것은, 내가 갖고 싶어 하는 것 같으니까, 자기가 사서 날 주려고 한 게야 그것은 그네 스스로도 놀랄 일이었다. 그리고 그것은 분명 스스로도 깜짝 놀랄 변화였다. 어느 사이엔가, 끊임없이 주인의 눈치를 살피는 한 마리의 비루한 개처럼 오직 그 사내 하나만을 바라보며 모든 것을 걸어 매고 있는 자신을 발견하고 소스라쳤다. 어느 사이엔가 그 남자를 위한 것이라면 어떤 부도덕함도, 어떤 굴욕도, 어떤 슬픔도, 어떤 손해도, 그리고 자기답지 않은 어떤 유치함도, 어떤 속(俗)된 것도 다 견딜 각오가 되어 있는 것에 놀라지 않을 수 없었다. 그저 치마 두른 여자가 되어, 자기가 사랑하는 한 남자로부터 사랑의 징표로 반지 하나라도 받고 싶어 하는 마음을 안고 주저앉아 있는, 어쩔 수 없는 모습을 발견한 것이다. 여자는 그렇게 변한 자기 자신을 행복한 여자라고 믿고 싶어 했다. 아니 믿고 있었다.

*

 그 며칠 후, 두 사람은 오래간만에 외식外食을 약속했다. 남자가 남의 눈을 꺼려했기 때문에, 여자는 더욱 움츠리고 살 수밖에 없어, 그러한 외출은 그네에게 내밀한 흥분이 아닐 수 없었다. 여자는 정성들여 치장을 했다. 화장도 하고, 옷도 마음을 써서 골라 입었다. 그리고 그 저녁을 마음껏 행복해 했다. 그렇게 들뜬 마음으로 약속된 장소로 갔고 먼저 와 있는 남자를 발견한 순간, 세상에 다시없는 행복한 여자가 되어, 남자 앞으로 다가갔다. 날개를 단 듯이, 그저 기쁘기만 하여 활짝 웃으며 다가가던 여자의 눈에 정통으로 들어와 꽂힌 석류석 보석 한 알. 그 설왕설래하던 보석은 화려한 넥타이핀이 되어 남자의 사치스러운 넥타이 가운데에 여봐란 듯이 꽂혀 있는 것이 아닌가. 정교한 무늬의 금빛 장식이 석류석의 붉은 빛을 돋보이게 했다. 석류석 한 알 앞에서 여자의 즐겁던 마음은 참혹하게 무너졌다. 그는 그 비참한 심경을 감쪽같이 감출 수 있을는지 두려워하며 서둘러 입을 열었다.

 "타이핀을 하셨네요. 알이 좀 큰 듯 하지만 보기 좋군요…."

 "응, 뭐…. 이걸 흥정해서 사는 걸 그만 애들 엄마가 보아

버렸거든…, 그래서….”

　그 한 알의 보석은 지혜의 화살이 되어 그네의 가슴에 가차 없이 날아와 꽂혔다. 그것은 어리석음에서 깨어나게 하는 신비의 독약이었다. 그 석류석 사건과 비슷한 일은 그 후에도 여러 번 계속되었다. 그러나 그네는 그 석류석 한 알을 두고 차츰 새로운 눈뜸이 비롯되고 있는 것을 자각했다. 그네는 자기가 얼마나 단단한 껍질 안에 감추어져 있던 청맹과니인가를 알았다. 결코 자포자기란 있을 수 없는, 질긴 목숨에 묶여 있다는 것을 알았다. 명예나 목숨마저 다 버리고 그 사내를 사랑한다고 믿고, 직장이었던 학교도 버리고 프리랜서로 일하던 방송국 일도 다 걷어치워 버리고 숨어들듯이 들어앉아 버렸지만, 그는 명예나 목숨보다 더 질기고 단단한 자신이, 내면 깊은 곳에 악마처럼 도사리고 있는 것을 발견했다. 자아自我, 자아. 무엇으로 찌르고 무엇으로 잘라내도 상처 받지 않는, 낯설고 기이하지만 처음부터 단단하게 웅크리고 탈출구를 찾던 자아가 거기 있음을 보았다. 비록 그 남자와의 관계 때문에, 일체의 외부활동이 금지되고, 그렇다고 그 남자의 도움이 있는 것도 아니어서 갑자기 거렁뱅이처럼 가난해진 다음, 끼니를 근심할 처지가 되었어도 그것은 그 사내와는 상관없는 그네 자신이 원한 지옥이었다는 것을 깨닫기 시작했다.

그네가, 그렇듯 힘한 악조건을 안고 오는 사내를 용납한 까닭은 그 자신에게도 들키지 않으려는 단단한 음모였다. 악조건이야말로 그가 자신을 숨기기에 편리한 삶의 조건이었다. 모든 것이 순조롭기만 한 인생을 감당할 자신이 없었다. 경우에 따라, 불행은 어느 인간의 악조건을 숨겨주는 은신처가 될 수도 있다는 것을 그는 삶을 통해서 익혔다. 마지막까지 다치게 하고 싶지 않은, 그렇게 고스란히 남겨질 자신의 마지막 자존심, 불행이나 악조건은 그것을 보호하기 위한 보호막이 될 수도 있다는 것을 믿었다. 그러나 한번쯤 진심을 가져 보아 나쁠 것이 없겠다고 생각되던 시점에서 만났다고 믿어지던 남자를 그네는 또다시 새롭게 배우기 시작했다. 결합이 불가능한 상대. 여자는 그 조건에다 자신을 은밀하고 단단하게 걸어 매었었다. 아내와 자식이 있는 남자는 나를 완전하게 묶어 놓지 못할 것! 나는 그 누구에게도 감금당하는 일은 없을 것이다. 여자는 노예와 같았지만 마지막 남겨둔 자신만의 영토를 그때까지 철저하게 숨겨 두고 있었다.

*

두 번째 남자의 횡포는 갈수록 극렬했다. 아내도 아닌 내연의 여인에게 퍼붓는 그 사내의 질투는 악성 질병이었다. 남자는 결합할 수 없다는 조건 때문에 내연의 여자를 향해 원한을 품고, 기회만 있으면 폭행을 일삼았다. 그러나 그네는 견디기 어려운 횡포를 점차 보호막으로 삼았다. 그래… 언제고 끝날 관계… 애틋한 미련을, 이렇게 짓이겨 멍투성이가 된 뒤에 지워버리자… 떠날 때, 미련 없이 떠날 준비를 이렇게 하는 것이다….

첫 번째 남자의 무책임無責任이, 그 여자의 자아를 결정적으로 손상당하는 일없이 숨어 살게 만든 집이었다면, 두 번째 남자와의 불륜不倫은 그 자아自我가 누구의 눈에도 들키지 않고 비밀하게 성장할 수 있게 만든 성벽城壁이었다. 사랑한다고 믿고 있었던 남자에게, 반지 같은 것을 잠깐이나마 원했던 것은 그렇게 숨겨진 자아自我를 스스로에게까지 숨겨 보려던 위장된 행위 같은 것이었는지도 모른다. 그네가 자각하지도 못하면서, 숨겨두었던 자아라는 내심은 그 사건을 딛고 슬슬 고개를 들기 시작했다.

*

"아이누가 살고 있는 시라오이[白老]행 국철國鐵 버스는 어디서 타야 합니까?"

눈 나라 삿포로의 밤. 눈으로 덮인 거리의 등불들은 아름다운 설령雪靈들의 노래처럼 어둠 속에서 화음으로 넘놀았다. 덩치 큰 남자 무스탕은, 이 술집 저 술집, 술집이 눈에 띠면 한사코 들어가서 함부로 술을 마시고 잔뜩 취한, 고장 난 무스탕이 되어, 밤거리에서 마주치는 행인마다 붙잡고 똑같은 질문을 계속 퍼부어댔다.

눈이 다시 쏟아지고 있었다. 물기를 머금은 무거운 눈이었다.

그네는 고장 난 무스탕을 붙잡거나 만류하지 않았다. 그저 몇 걸음 뒤처져서 그가 하는 짓을 지켜보기만 했다. 초저녁에 보석가게를 무시하고 지나간 여자 때문에 단단히 자존심을 상한 듯, 성난 소처럼 씨근거리던 무스탕은 그네를 돌아보는 일도 없이, 길가에서 잠깐 돌아앉은 '스시'집으로 들어갔다. 그리고 아무 말 없이 일본 술을 계속해서 주문했다. 처음에는 가게에서 내어준, 도토리 껍데기만한 술잔으로 홀짝 홀짝 마셔대더니 스시를 몇 개 골라서 먹었다. 술을 그렇게 퍼마시는 남자가 분명히 화를 내고 있다는 것을 알고 있었으면서도 그네는 무엇을 어떻게 해볼 생각을 하지 않았다. 다만, 단단히 화가 난 남자의 모습이 무스탕이라기보다는 코뿔소 같구나 생각하며 혼자서 잠깐 웃었다. 그는 남자가 마셔대는 술의 분량에 대해서도 별로 마음 쓰지 않았다. 들이붓듯이 많이도 마시는구나 싶었지만, 곧, 코뿔소니까… 하는 생각으로 버려두었다.

술집 주인은, 그 남자가 들이붓는 술의 분량에 조금씩 놀라기 시작하더니, 얼마 후에는 이게 도대체 어찌되는 심판인가 하는 얼굴로 넋을 빼앗기다시피 하고 주량이 대단한 손님을 구경하듯 계속해서 일본 술을 열심히 내주었다. 코뿔소는 그 가게의 술이 바닥이 났다고 생각될 즈음에야 아무 말도 하지 않고 훌쩍 일어났다. 그리고 뒤도 돌아보는 일 없이, 약간 흐트러진 걸음으로 거리를 걷다가도 술집이 보이면 무작정 들어가서 다시 술을 마셔댔다. 그네에게 말을 걸지 않은 것은 물로 눈도 주지 않고 술을 마셔댔다. 그렇게 몇 집을 거쳐 밤거리로 나오자 지나가는 행인을 붙잡고 아이누가 살고 있다는 '시라오이'행 국철 버스 타는 곳을 묻기 시작한 것이다.

"아이누가 살고 있는 시라오이로 가려면 어느 쪽으로 가야합니까."

코뿔소는 거구巨軀를 떡 버티듯 하고 행인을 일일이 가로막았다. 그러면 아무리 바쁘게 걷던 사람도 일단은 멈추어서서 자기가 알고 있는 것 전부를 열심히 들려주고는 했다.

어느 사람은 자기가 모르고 있다는 것을 미안해하며 허리를 몇 번씩 구부려 오히려 사죄를 거듭하면서 떠나갔다. 눈의 나라 길거리, 한밤중에, 고장 난 무스탕은 눈 귀신처럼 사람마다 붙잡고 주정을 했다.

"아이누들이 살고 있는 시라오이행 국철 버스를 어디서 타야합니까?"

번화가를 벗어나자 행인이 드뭇한 거리에 이르렀다. 두 사람은 자욱한 눈 속을 걷고 있었지만 동행이 아니었다. 그네는 목적지도 모르는 머나먼 길을 홀로 걷듯 막막해했다. 좋다는 것은 무엇이고 싫다는 것은 무엇인가. 나는 왜 이 덩치 큰 남자를 용납하지 못하는가. 끊임없는 관심과 호의를 가지고 여자의 마음에 들어 보려고 온갖 노력을 다하고 있는 남자를 용납하지 못한다는 것은 까닭 없는 박해가 아닌가. 이럴 것을, 왜 어울려, 이 땅 끝 같은 산골, 눈 무덤 같은 곳을 찾아 왔다는 말인가. 행인을 만날 수 없게 되자, 남자는 눈송이로 가득 찬 밤하늘을 향해 고개를 젖히고 큰 소리로 외쳐댔다.

"아이누가 살고 있는 곳이 어디요? 그곳을 어떻게 하면 찾아갈 수가 있겠소? 난, 난… 제물祭物을 바치러 거길 가야 하는 사람이오. 죄 많은 사내가 제물을 드리러 가야 한단 말이오!"

남자보다 몇 걸음 앞서 걷던 그네가 몸을 돌려 세웠다. 투박한 남자의 얼굴은 물에 젖어 있었다. 어스름한 불빛 속에서 남자의 커다란 눈이 어둡게 빛났고 그 어두운 빛은 그네의 가슴을 아프게 찔렀다. 그네는 죄인이 된 기분으로 코뿔소의 뿔에 받힐 각오를 하고 남자에게 다가갔다.

"시라오이는 내일 가기로 해요. 그리고 오늘은 그만 숙소로 돌아가요."

코뿔소는 씨근거리며 그네를 집어 삼킬 듯이 바짝 다가서서 소리쳤다.

"네가 드디어 입을 열었어? 너도 말을 할 줄 아는 인간이었어? 허! 이 얼음 짐승이 말을 하네?" 원망이 가득 찬 눈으로 그네를 노려보며 으르렁거렸다.

"아니, 내일까지 기다릴 수가 없어. 지금 당장 가겠어. 내일을 기다리는 동안, 네가 아이누 생각에만 빠져 있는 것을 더는 지켜볼 수 없지. 가야 해. 밤을 새워서라도 '시라오이'를 찾아가야 해. 가자고! 지금 당장 가자고! 내 마음이 변하기 전에 가자고! 내가 너의 소원을 못 풀어 줄 것 같은가? 내가 그렇게 시시한 놈으로 보였어?"

그네는 남자를 더는 말리지 않았다. 그리고 눈 무덤 속으로 걸어 들어가듯, 남자 앞에서 돌아서서 눈이 펑펑 쏟아지는 길을 계속해서 걸었다. 눈의 정령精靈이 된 듯, 그네는 더는 생각 없이 눈길을 터벅터벅 걸었다. 코뿔소가 이따금씩 발작을 일으키듯, "아이누가 있는 데가 어디요? 아이누가 살고 있는 곳이 어디요?" 소리치다가 다시 허공을 향하여 늑대처럼 울부짖었다. "어디엘 가면 아이누를 만날 수 있소?" 끊임없이 허공을 향하여 소리쳐댔지만, 그네는 다시 반응하지 않았다. 남자가 소리를 지르지 않을 때면 침묵은 헛되게 찢긴 눈발이 되어 무섭도록 땅으로 쏟아져 내렸다.

온천장 여관으로 돌아간 것은 자정이 지나서였다. 생각나면 큰소리로 아이누에 관한 것을 외쳐대며 함박눈 속을 걷던 남자도 끝내는 지치면서 술에서도 깨어날 수밖에 없었던 모양이다. 택시를 찾아낸 것은 남자 쪽이었다.

*

각자가 눈을 뜬 아침. 남자는 우울함을 감추지 않았다. 숙취 때문만은 아니듯, 무슨 짓으로도 그네의 마음을 돌이킬 수 없다는 사실에 난감해진 듯, 그네와 눈을 마주치려고도 하지 않았다.

말없이 여관을 나선 남자는 택시를 불러 운전수 뒤통수에다 화풀이 하듯 "삿포로!"를 외쳤다. 삿포로 시내로 가는 동안, 지난밤의 어깃장이 되살아난 듯, 그래서 민망한 듯, 사내는 내내 음울한 얼굴로 말이 없었다. 시내에서 이리저리 더듬어 시라오이[白老]로 가는 국철 버스를 탔다. 거의 점심때가 다 된 시간이었는데, 잠깐 뜸하던 눈이 다시 쏟아지기 시작했다. 정말 아이누를 만날 수 있을 것인가. 그네는 어색한 출발이었음에도, 혹여 아이누를 실제로 만날 수 있겠는가, 막연한 기대에 가슴이 부풀어 올랐다. 그러나 마지못해 앞장선 남자의 심술이 잘 풀려 주기나 할는지, 남자의 우울함이 여자에게 전이가 된 듯 가슴이 무거웠다.

"깡그리 뭉개 버렸군."

차창 밖으로 흘러가는 마을을 바라보면서 남자가 탄식하듯 말했다. 숲으로 덮였던 홋카이도를 개발이라는 명목으로 밀어버린 벌판을 바라보며 한 말이다. 숲이 별로 없었다. 눈 덮인 주택지가 아니면 황량한 벌판이었다. 삿포로 시내를 벗어나면서 밀짚이나 짚으로 엮었음직한 초가草家를 찾아보았으나 몇 백리를 달려도 마을을 구경할 수 없었다. 이럴 수가… 그렇게 숲이 아름다웠다던 홋카이도는 어디로 갔는가. 허망한 경치에 고개가 설레설레 저어질 때쯤 해서야, 원경遠景으로 천천히 설산雪山이 흘러가기 시작했다. 그리고 설원雪原도 도회지 가까운 곳과는 다르게 어디에서인가 노루나 곰이 달려 나올 것 같은 생각이 들만큼 인적이 닿지 않은 엄엄掩掩함을 지니고 나타났다.

"시장하지 않소?"

무스탕은 밤사이에 정비소를 다녀와 속력을 되찾은 듯 고개를 돌려 옆자리를 향해 입을 열었다.

"시장하셔요?"

그네의 목소리도 밝아졌다.

"아니 나야…. 하지만 점심때가 이렇게 지나갔는데."

"아침을 늦게 했잖아요? 무엇 마실 것 좀 드릴까요? 아니면 과일이라도?"

그네는 발치에 놓아둔 가방의 지퍼를 열었다. 캔 음료, 귤, 초콜릿, 양념 김, 감자 칩, 가방은 작은 잡화 가게였다. 그네는 그것들을 헤치고 캔 맥주를 한통 꺼내어 남자에게 내밀었다. 남자는 말없이 그것을 받아들고 벌컥벌컥 들이켰다. 그네는 함께 소풍을 떠난 친구에게처럼 남자에게 친절했다.

오늘 아침, 남자가 숙취宿醉를 달래며 시라오이 행을 서두를 때, 그네는 가볍고 작은 새가 되어 즐거워지려는 것을 절제했다. 시내로 나오자 소풍가는 학생처럼 먹을 것을 골고루 챙기면서도 우울해하는 남자의 눈치를 보며 숨을 죽였다. 캔 맥주는 그중 하나. 여자는 감자 칩이며 건포도를 자신의 무릎에 올려놓았다.

"하기는… 시장하시겠네요. 아침도 된장국 한 모금으로

씻고 말았지요. 어떻게 하죠? 한참을 더 가야 하는가 본데."

그네는 어른스럽게 친구를 염려했다. 그것이 조금도 부자연스럽지 않았다. 무스탕은 비워낸 캔을 내려놓으며, 여자가 들고 있던 종이 냅킨으로 입술을 닦았다. 그리고 잠깐 웃었다. 쓴맛이 섞여 있는 웃음임을 여자는 알았다.

"왜 웃어요? 무슨 뜻이죠?"

"내가 벌을 받고 있구나 하는 생각이 들어서…."

"벌을?"

"그럼, … 내가 지금 벌을 톡톡히 받는 거지."

그네는 다음 말을 묻지 않았다. 남자가 무엇을 생각하고 있는지를 그네는 알고 있었다. 무스탕답지 않게 낙관樂觀도 지워지고, 지금, 다루기 어려운 장난감을 망연하게 만지작거리듯 막막함에 빠져 있다는 것을 알았다. 그네는 창밖으로 눈길을 돌렸다.

눈옷을 입은 겨울 숲과, 한여름 길길이 자라던 풀숲을 덮어 잠재우는 설원이 그들이 탄 버스와 함께 달리고 있었다. 아니 그 마음껏 세련되고 편리한 버스의 속력에 매어달려 설경이 숨차게 끌려오고 있었다.

"아!"

그네의 탄성이 남자를 일깨웠다. 남자는 통로 건너편에 앉아 있는 일본 남자에게 물었다.

"바답니까?"

설원의 끝자락이 새파란 물속에 잠겨 있는 곳을 끼고 버스가 시원스럽게 달리고 있었다.

"아닙니다. 호수지요."

중년의 일본남자는 친절하게 대답했다.

"얼지 않았군요."

"이곳은 겨우 내내 눈이 끊임없이 오지만 호수가 얼어붙을 만큼 춥지는 않습니다. 또 바다가 가까워서 염분이 좀 섞여 있는 겁니다."

"아름다운 호수로군요."

"이름이 백조白鳥에요."

물빛은 쪽빛으로 그 푸르름이 흰 눈밭에 사무쳤다. 두 사람이 주고받던, 별 뜻 없던 말이 끝나자 버스 안은 다시 무료한 침묵에 잠겼다.

설원과 호수가 끝나는 곳에는 갯벌이 누워 있었다. 얼룩진 갯가에 경계표지를 지은 초표礁標가 겨울 바다의 쓸쓸함을 호소하고 있었다. 아이누의 실 피리 소리 스며든 곳은 어디쯤일까. 호수에 배 띄우고, 석양의 산그늘에 피리 소리로 무늬 놓던 아이누들. 아아, 그들은 어디로 자취를 감추었을까. 여자는 아이누를 만나면 그들을 따라, 어디든지 그들의 나라로 따라 들어가고 싶었다.

아이누, 아이누

*

 어미의 몸에서 벗어나 땅에 떨어지는 것. 태에서 떨어져 나온다는 것. 부모, 그리고 자식, 본능으로 맺힌 열매. 하지만 여자는 어미의 따스함에 대한 기억이 없다. 어미의 품에 대한 기억이 없다. 나는 과연 엄마의 젖을 먹고 자랐을까? 오라비를 잡아먹고 딸로 태어난 자식에게, 원망과 탄식으로 물려 준 엄마의 젖에서는 무엇이 섞여 흘렀을까? 예부터 산모에게 근심과 슬픔이 있으면 산모의 젖에 응어리가 생기고 젖줄이 멎는다는 이야기가 있었다. 어머니의 자존심이요 자랑이었던 아들을 하루 밤 사이에 잃고, 석 달 열흘 통한의 가슴을 껴안고 눈물을 참았던 어머니가 덜컥 낳아 놓은 것이 딸이라는 것을 알았을 때, 하늘은 무너지고 땅은 꺼졌을 것. 어머니의 젖꼭지는 그 젖을 먹는 자식에게 심지心志를 심어 주는 것이라고 했다. 생후 3-4개월 동안 먹는 어머니의 젖은 그 자식의 일생을 지배하는 심신분화와 심신발달에 절대적인 영향을 준다고 했다. 태어나 두 돌이 될 때까지 발달하는 뇌의 기능은 그 후 스무 살까지의 뇌의 발달양과 맞먹는다는 연구 결과가 있지 않은가. 두 돌이 될 때까지, 하루 최소한 어머니에게 안겨 있는 시간이 4시간 이상 엄마의 체온으로 감싸이지 않는 아이는 뇌세포의 정상적인 발달을 기대할 수 없다는 연구결과가 나와 있다. 엄마에게 안겨 젖을 빨며, 1분에 70번 이상 뛰는 엄마의 심장 박동에 맞추어, 자신의 심장이 뛰는 것을 확인할 수 있는 생명은 축복 받은 생명일 것이다. '나는 엄마의 심장 박동에 대한 기억이 없다. 내 기억에는, 아기를 들여다보는 엄마의 사랑이 넘치는 시선視線이 없다.' 두 돌이 될 때까지, 어쩔 수 없이 먹인, 사랑의 영양가 전무했던 엄마의 젖. 엄마는, 오라비를 잡아먹고 태어난 이 딸이 원수 같았을 것이고, 그러한 엄마의 차갑고 매정한 눈매는 딸의 삶을 황야로 내 몰았을 것이다. 관계의 방정식方程式이 망가진 삶. 목적이 될 만한 것을 찾지 못한 방황의 삼십 육년. 그네는 자신을 아무도 알아보지 못하는 곳으로 숨겨두고, 다시는 세상 밖으로 나가지 않을 수만 있다면 그렇게 하고 싶었다. 아이누 속으로 숨어버리자! 그들의 원시原始, 그들의 순수한 생명 속으로 숨어 버리자! 맞지 않는 옷을 입고 있는 것 같은 지금까지의 삶을 접어버리고 이 남자와의 동행을 끝내 버리자! 가엾어라, 어릿광대 같은 배역의 이 덩치 큰 남자! 하지만 지금 그 남자는 그네에게 또다시 새로운 죄목罪目의 팻말을 붙여주고 있는 존재가 아닌가.

*

갯벌 저쪽으로 또다시 이어지는 설원雪原은 끝이 없었다. 더러는 눈밭에서 머리를 치켜든 목책木柵이 보였고, 그 목책에서 이어져, 멀리까지 부드러운 포물선을 긋고 지나간 사람의 발자국이 한줄기씩 눈밭에 남아 있었다. 그 외줄 발자국에는 아릿한 슬픔이 묻어 있었다. 혼자서는 감당할 수가 없어 눈밭 위에 그 슬픔을 한걸음씩, 한걸음씩 덜어놓으며 걸어갔을 어떤 사람. 눈 발자국만 남겨 두고 지나갔을 그 사람. 그는 지금 어디에 있을까. 누구인지도 모르고 만날 수도 없는 사람을 그리워하는 이 청승맞은 습성은 어디서 시작된 것일까.

버스 기사와 승객들에게 몇 차례나 확인하던 끝에, 시라오이라는 이름의 정거장에 도착한 것은 짧은 겨울 해가 벌써 조바심을 치기 시작할 무렵이었다. 버스는 승객을 팽개치듯 한 뒤 매정하게 바람을 일으키며 떠나가 버렸고, 갑자기 들이닥친 벌판 바람이 두 사람을 거칠게 묶어 한자리에 세웠다. 두 사람은 약속이나 한 듯 주위를 둘러보았다. 주위에는 아무런 표지標識도 없었다. 더구나 아이누에 관한 것은 눈을 씻고 찾아보아도 나타나지 않았다. 잘못 내린 것이나 아닌지…. 두 사람은 동시에 똑같이 불안해했다. 그들이 서 있는 건너편으로, 최신시설을 과시하듯 가솔린 스탠드가 버티고 있었고, 그 양쪽으로 가지런히 가게들이 늘어서 있었다. 그리고는 그 왼편도 그 오른편도 그저 눈 더미가 산처럼 치쌓여 있을 뿐이었다. 건물들은 최신식이었고, 사방은 눈의 산이었다. 무미한 풍경, 백설이 아니었더라면 황량하기 이를 바 없는 마을이 맛없게 펼쳐져 있었다. 남자는 주유소로 다가가서 몇 가지를 꼬치꼬치 묻고 있었다. 눈썹과 머리숱이 새까만 주유소 남자는 연신 하얀 이를 드러내며 열심히 손짓을 섞어 대답하는 듯 했다. 약간의 불안과 열심을 가지고 묻던 덩치 큰 남자는 안도의 기색을 띠고 돌아왔다.

"여기가 시라오이래. 맞는다는군. 원, 경칠 놈의 아이누는 왜 이렇게 만나기가 힘이 드는지 원…. 여기가 시라오이는 시라오이인데 무슨 '뽀르도 고당'인가 하는 데로 들어가야 한다는데 제대로 찾아나질는지 모르겠군."

"뽀르도 고당…"

여자는 그 이름이 재미있어서 가만히 입에 담아 보았다.

"아이누 말로 커다란 호수의 마을이란 뜻이라나… 뽀르도 고당이라니! 무슨 그런 놈의 이름이 있는지 원! 그리고 말이요 아이누를 막상 만난다 해도 뭘 어째야 할는지 난감하군! 안 그래? 이렇게 헐레벌떡 찾아와 놓고 막상 마주치면 어떻게 할 건지… 당신한테 무슨 뾰족한 계획이라도 있는 건지….”

　남자는 약간 비꼬인 심사를 참아가며, 그나마 제대로 찾아 왔다는 안도감에 덩치 큰 애교를 담고 웃었다. 그들은 잘 찾아 왔다는 기쁨과 기대를 가지고 기운차게 걸음을 옮겨 디뎠다. 더러는 다져진 눈밭을, 더러는 푹푹 빠지는 눈길을 헤쳐 가며 걸음을 재촉했다. 여자는 주유소 남자가 일러준 철길을 발견하고는 이제 곧 아이누 마을로 갈 수 있다는 반가움에 겅정겅정 뛰어서 철길을 건넜다. 철둑 너머에는 원시림原始林으로 이어지는 길이 있겠거니 생각했다. 그러나 이게 웬일인가. 철둑을 넘어서자 어마어마하게 큰 드라이브인과 마음껏 모양을 낸 현대식 모텔이 앞을 턱 가로막고 나서는 것이 아닌가. 말끔하게 세련된 서양西洋냄새가 진하게 풍겼다. 아니 이럴 수가…. 이번에는 남자 쪽에서 더 맥빠져 했다.

　“이거 우리가 뭣한테 홀린 거 아닐까. 아무래도 아이누 귀신이 우릴 홀렸지, 원 이럴 수가….”

　여자는 눈밭을 헤치며 건물 뒤쪽으로 걸어갔다. 남자가 허위허위 따라 오다 말고 목청을 높였다.

　“뭣 좀 요기라도 하고 가지. 아이누 만나는 일도 좋지만 사람이 좀 살고 봐야 할 게 아닌가?”

　“그러면 모텔에 드셔서 쉬시겠어요? 저 혼자 더 들어가 보고 돌아오겠어요."

"아니 이 생판 낯선 데서? 말 한마디 안 통하는 이 깊은 데서 혼자 더 깊은 산으로 가겠다는 거요? 거 참 무엇에 홀렸기에… 제발…, 그 놈의 아이누 귀신은 왜 이렇게 질긴 거야?"

남자는 어깨를 늘어뜨리고 한숨을 쉬더니 여자를 앞질러 눈밭으로 들어갔다. 햇빛이 엷어지면서 바람이 맵게 감겨왔다. 벌판을 차분하게 덮고 있던 눈이 휩쓸리며 눈보라를 일으켰다.

"어어 추운데."

몸은 얼어드는데 시야에 닿는 것이라고는 눈 덮인 들판과 언덕뿐이다. 어찌어찌 발자국이 있는 길을 따라 헐떡이며 고개를 넘어서자, 두꺼운 눈 이불을 덮고 잠들어 있는 호수가 치마폭을 펼친 듯 활짝 열려 있었다. 그 눈밭 한 귀퉁이에서 아이들이 재잘대며 스케이트를 타고 있었고 병풍처럼 둘린 숲은 눈을 껴안고 일모日暮에 물들고 있었다. 호반湖畔 옆에 스위스의 샬레를 본 딴 목조 호텔이 하나 서 있었다. 야단스럽지는 않았지만 꽤 정성들여 지은 새 집이었다. 두 사람은 누가 먼저랄 것도 없이 호텔 문을 밀고 들어섰다. 페치카에서 통나무가 기세 좋게 타고 있다. 통나무 장작 타오르는 소리가 얼어붙은 뺨으로 쾌적하게 날아들었다. 불붙은 통나무가 몸부림치면서 불길을 올리고. 그 불길은 무엇이든지 빨아들일 기세였다. 로비는 여염집 거실처럼 아늑하고 조용했다. 여염집에 들어선 것처럼 푸근했다. 늙수그레한 사내가 별로 서두르는 기색도 없이 손님을 맞이했다.

"멀리서 오시는가 봅니다."

"예, 아주 멀리서 왔습니다. 멀고 먼 곳에서 찾아왔습니다."

"이 눈 깊은 겨울에 수고롭게 오셨습니다."

덩치 큰 남자는 여자에게 들으라는 듯 짐짓 일본말을 피해 대답했다.

"참 고단합니다. 아이누에 홀린 사람한테 끌려 다니느라고 몸도 마음도 너무 고단해서 금방 쓰러질 지경입니다."

남자는 선언하듯 그렇게 말해 놓고 일본말로 마실 것을 주문했다. 맥주와 마른안주가 오자 그는 주인으로 보이는 중늙은이에게 다시 물었다,

"이곳은 무엇으로 유명합니까?"

"호수와 숲이 아름답기로 유명합니다. 숲에는 희귀한 야조野鳥가 많습니다. 아이누들이 모여 살 때에는 호수에 띄워 놓은 배에서 실 피리 소리가 흔들리고 숲에서는 새떼들이 화답했다는 거지요. 겨울은 좀 쓸쓸한 편이죠. 봄이 되면 스즈랑영란꽃 등 들꽃이 땅과 하늘을 흔들면서 핍니다. 겨울

은 쓸쓸한 대로 맛이 있지만 날이 풀리는 봄이면 장관을 이룹니다. 봄에 다시 한 번 오시지요."

여자는 불을 쬐면서 궁금해했다.

"저사람, 무슨 얘길 저렇게 열심히 하죠?"

"이곳 시라오이 선전이지."

남자는 성의 없이 대답했다.

"아이누에 관한 말도 하는 것 같던데요."

"옛날 얘기야."

"그러면 이곳에도 아이누가 없다는 거예요?"

"아직 안 물었어, 우리도 오면서 살폈지만 어디, 여기 어디에 아이누가 있을 것 같아? 그림자도 냄새 비슷한 것도 맡을 수가 없잖소?"

덩치 큰 남자는 맥주잔을 기울이며 더러는 기세 좋은 불길에 눈을 줄 뿐 여자에게 관심하지 않았다. 못할 짓 없이 다 찾아서 헐떡거리고 왔지만 아이누가 없지 않니? 아이누하고는 상관없는 세상에 도착한 것에 대하여 오히려 안심하고 있는 눈치였다. 여자는 남자의 그런 속셈을 알만 했지만 간단하게 손을 들 수가 없었다.

"이상하네요. 우리가 잘못 찾아온 건 아닐까요? 시라오이에는 일천여명의 아이누 사람들이 백삼십 여 호로 부락을 이루어 살고 있다고 했잖아요? 어떻게 이렇게까지 깨끗하게 감감할까요? 그러면 이 호텔 사람도 모른다는 말일까?"

남자는 한동안 불길에 눈을 주고 있다가 여자 쪽으로 고개를 돌렸다.

"도대체 그 고집은 무슨 뜻이요? 단순한 고집이요? 아니면 무슨,… 나를 골탕이라도 먹이려는. 의미 있는 집념이요?"

여자는 한 수 넘겨짚은 남자를 경계했다.

"글쎄… 이러는 나도 자신에게 조금씩 창피해지네요."

"나와 함께 있으면서 나를 피하는 방편 아니겠소?"

남자는 그 말을 하면서 사람 좋은 얼굴을 하고 있지 않았다. 지금까지 볼 수 없었던 적의敵意가 생생하게 드러난 표정. 여자는 놀란 눈으로 남자를 바라보았다. 그래놓고 아뿔싸 후회 했다. 무슨 말을 할 수 있겠기에 이렇게 쉽게 저 사람의 눈을 마주보고 있는가를…. 남자는 그러한 상대편을 노려보면서 막다른 골목으로 쫓기는 자를 여유 있게 몰아가듯 다시 입을 열었다.

"아이누를 만나고 난 뒤에는 어떻게 하겠소? 아이누 마을도 찾아내고 또 그 사람들을 마음 놓고 만날 수 있어서 그들을 맘껏 만났다 합시다. 그 다음에는 어떻게 하겠소? 그렇게 원을 풀고 난 뒤에는 나를 어떻게 하겠느냐 말이오? 차라리…, 이렇게 아이누를 찾아 헤매는 그것뿐으로 만나지 못하는 것이 당신에게 유리하지 않을까?"

그때까지 그래도 그럭저럭 잘 견디던 사내는 만만찮은 내심을 드러냈다. 칼을 뽑을 셈인가. 어릿광대 같은 배역을 팽개칠 수도 있을 기세다. 여자는 조금 긴장했다. 이 덩치 큰 남자 앞에서 마음껏 교만할 수 있었던 것은 무슨 뱃심이었을까. 여자는 자신의 방자함에 스스로 놀라, 기가 꺾인 눈으로 남자를 바라보았다.

"많이 참으시더니 잔인한 칼을 드디어 빼셨네."

"잔인한 건 당신이오. 그리고 먼저 칼을 뺀 것도 당신이오."

"익숙해지지 않아서 당황해하고 있는 것뿐이에요."

"당신은 익숙해지려고 애쓰지도 않았고, 익숙해지지 않는 그 괴로움을 피하려 하지도 않고 있소. 한 마디로, 당신은 나를 좋아하지 않는 거요."

여자는 자리에서 일어나 창가로 걸어갔다. 그리고 눈 덮인 호수와 숲을 바라보며, 등 뒤에서 혼자 맥주를 벌컥 벌컥 들이키는 남자를 달래듯이 부드럽게 간청했다.

"아이누 마을이 어느 곳에 있는지 물어봐 주시겠어요? 저를 도와주세요. 스케이트를 타던 아이들이 다 돌아가고 있네요. 퇴장 시간이 됐는가 보죠. 벌써 오후 네 시에요."

여자는 시계를 보았다. 남자는 사람을 불렀다. 그 집에는 그 중늙은이 사내 하나밖에 없는 듯 다시 그가 나타났다.

"실은 이곳에 아이누 부락이 있다는 말을 듣고 찾아왔는데요."

"있지요. 있습니다. 아, 여기로 오시는 길에 안 들리셨습니까? 저쪽 철길 쪽에 드라이브 인 건물 있잖습니까. 그 건물 맞은편 쪽에 그들의 집이 있는데 못 보셨던가요?"

중늙은이의 말에 남자는 얻어맞는 것 같은 표정으로 자리에서 일어났다.

"우리가 뭘 보면서 왔지? 아이누 마을은 오히려 아래쪽이라는군."

남자는 조금 전에 뽑았던, 날이 시퍼렇게 선 감정을 접어 넣으며 선선한 얼굴로 여자에게 다가갔다. 드디어 마지막 승부수를 겨룰 수 있는 기회를 잡았다는 듯, 그의 표정은 여유 만만했다. 아이누? 아이누? 만나기만 해 보아라! 그래 네가 아이누와 첫 대면을 할 때 어떤 얼굴을 하는가 보자. 남자는 보기 드물게 의기양양해하며 앞장 섰다.

*

현대식, 으리으리한 건물의 드라이브 인 맞은 편 기슭에 잿빛 버섯 모양의 초가草家가 십 여 채 모습을 드러내고 있었다. 그나마 아이누들의 재래식 살림집이 아니었고, 초가지붕 시늉만 남긴 점포들이었다. 초가집 양옆으로 다닥다닥 붙어서 진입로를 이룬 기념품 가게들 한옆으로 아이누 박물관이라는 것이 하나 있었지만 겉모양부터 보잘 것 없어 보였고 그나마 문이 닫혀 있었다. 아이누 마을이라는 것은 그것이 전부였다. 이럴 수가…. 허위, 허위 며칠을 숨차게 찾아 온 길이 허무맹랑했다. 가게들은 이미 불을 밝혀, 오밀조밀하게 진열한 물건들이 저마다 조금씩은 들고 일어나는 듯, 너도 나도 얼굴을 내어밀었다. 가게에는 물고기를 한 마리씩 물고 있는 크고 작은 목각木刻 곰들이 그들먹했다. 아이누 마을의 곰들은 그렇게 물고기를 쉽게 잡았던가. 목각의 곰들은 물고기를 물고만 있을 뿐 어느 놈도 먹어내지 못하고 멀뚱하게 손님을 바라보았다. 그중 한 가게에 반백半白의 노파가 있어, 두 사람은 그 집으로 들어섰다. 겨울 해질녘을 무료하게 지키고 있던 노파는 반색을 하며 두 사람을 맞았다. 얼굴의 골격이 씩씩하고 눈빛이 밝고 강했다. 여성스럽기보다는 썩 잘생긴 얼굴, 아이누족이었다! 여자의 가슴이 두근거렸다. 저 얼굴, 자연의 언어가 생생하게 살아있는 저 얼굴! 아이누다! 아이누, 사람! 아이누다!

"외국 분들이시군요." 노파의 일본말은 섬짓할 만큼 깍듯하고 거침없었다. "무엇 필요하신 물건이 있습니까?"

일본 여성 특유의 그 상냥함은 노파의 골격과 어울리지 않았다.

"네 기념품이 좀 필요합니다만, 사실은 아이누의 **전통**傳統을 찾아서 먼 길을 왔습니다. 그런데 이 마을도 이미 문명의 횡포가 너무 깊은 곳까지 유린을 했더군요."

"어쩔 수 없는 일 아닐까요? 이 마을에는 현재도 아이누들이 많이 살고 있습니다. 그런데 겨울에는 깊은 산중으로 겨울을 나러 갑니다. 그래서 지금은 마을이 비어 있다시피 하죠."

"겨울을 나러 산으로 갑니까?"

"그렇습니다. 사냥도 하고 벌목도 하고 숯도 굽고 하는 거죠."

"이곳보다 더 깊은 산이 있군요."

"아직도 아이누만이 찾아갈 수 있는 깊은 산이 남아 있어요. 대처大處사람들은 상상도 못하는 깊은 산골이지요. 아이누들이 그렇게 고생해서 길을 터놓으면 적당한 때에 눈치 빠르게 들이차고 앉는 게 문명文明한 사람들의 약은 짓 아닙니까?"

"여기서 얼마나 멉니까?"

노파는 건강한 얼굴에 활짝 웃음을 띠며 되물었다.

"가르쳐 드리면 들어가실 것 같습니까?"

"아이누 족이 아니더라도 아이누의 정열과 용맹을 닮은 사람이 있을 수 있지 않을까요?"

노파는 고개를 저었다.

"지금은 눈이 너무 깊어서 길이 없습니다. 겨울을 나러 들어가는 사람들은 적설기積雪期 전에 서둘거든요."

그들의 대화를 알아듣지 못하는 여자는 목각의 곰을 하나하나 눈여겨보고 있었다. 남자는 가게 주인 노파와 주고받던 대화를 끊고 여자에게로 눈을 돌렸다.

"이제 여기서도 아이누를 만날 수 없다는 결론이 나고 있는데, 그렇게 무심하게 딴 짓을 하고 있기요?"

"저도 대강 눈치를 채고 있어요."

"어떻게 하겠소?"

"이 목각 곰을 한 마리 사고 싶어요."

"아이누를 대신하는 우상이 되겠구료."

"나도 우상을 가질 수 있기 바래요. 우상이라도 섬길 수 있을 만큼 내 마음의 빈자리와 소박함이 있었으면 해요."

이번에는 가게 주인 노파가 두 사람으로부터 밀려난듯했으나 표정으로라도 그 대화의 내용을 알아내려는 듯 눈을 빛내며 서 있었다. 혈색 좋은 노파의 얼굴에서 두 눈은 나이를 상관하지 않고 빛났다. 그는 아이누의 혈통이 분명했지만 이미 아이누가 아니었다. 혈통은 향수鄕愁가 되어 깊디깊은 곳에 숨어 있었고, 문명이 훈련시킨 기억記憶의 숲과 벌판에는 흰 눈만 첩첩했다. 무엇인가에 대하여 묻고 싶은 말이 있을 듯도 해서 잠깐 미적거렸지만, 이제 와서 무엇을 그에게 물으랴. 그네는 아무 말 없이 그 중 큰 곰 한 마리를 안아 올렸다.

"아, 참 좋은 것을 고르셨습니다."

노파는 얼굴의 뼈대와 눈빛하고는 너무도 어울리지 않는 상냥한 말투와 미소로 손님을 치켜세웠다. 그네는 포장된 곰을 안고 가게를 나섰다. 남자는 아이누에 대한 적의敵意를 조금 누그러뜨린 듯 등등하던 기세를 풀고 무언가 그들만의 말머리를 다시 찾고 싶어 했다.

"허, 아이누가 우리 두 사람의 여행길을 쥘락 펼락 하는군. 점심도 챙겨 먹지 못하고 이건 생각지 않았던 강행군인데."

아이누는 여자의 진심을 의심했을까. 여자를 피하여 꽁꽁 숨은 것일까. 여자는 패잔병처럼 기운 없이 말했다.

"삿포로로 돌아가려면 어떻게 하죠? 버스 시간표도 애매할 테고. 어디서 몇 시에 차편을 만날 수 있겠는지."

"아까 가게 주인한테 물었더니 기차가 있다는군. 역으로 가는 길을 알아 두었소."

기차역으로 가는 길가의 가게는 거의가 목각 곰만을 파는

가게였다. 그리고 가게 한옆이 작업장이어서, 나무를 깎고 있는 사람들의 모습이 환하게 들여다보였다. 무스탕이 그중 한 가게의 문을 밀고 들어섰다. 가게 바닥에 퍼질러 앉아서 나무를 다듬던 중년 사내는 별로 반가와 하는 기색도 없이 잠깐 눈길을 주더니 다시 자기가 하던 일을 계속했다. 무릎 위에 통나무를 얹어 놓고, 끌과 망치를 날렵하게 놀려가며 곰의 모양을 지어내고 있었다. 통나무 속에 숨어있던 아이누의 곰은, 조각하는 사람의 손길에서 태어나기를 기다리듯, 끌이 가는대로 반짝반짝 살아났다. 그렇게 아이누 남자의 끌 끝에서 기어 나온 수십 마리의 크고 작은 곰들이 제각기 물고기 한 마리씩을 물고 수긋한 모양으로 엎드려 있었다. 끌을 놀리는 남자의 손마디 뼈는 단단해 보였고 눈썹은 머리숱만큼이나 짙었다. 통나무가 그의 끌 끝에서 꿈틀 꿈틀 숨을 쉬고 있었다.

"참 놀라운 솜씨로군요."

덩치 큰 남자가 감탄하며 말을 걸었다.

"오래하다 보니 그런 거죠."

가게 주인은 별로 반기는 기색도 없이 심드렁하게 대답했다.

"얼마나 되셨습니까?"

"삼십육 년째입니다."

아이누, 아이누 97

끌을 들고 있는 사내도 아이누의 혈통임에는 틀림없어 보였으나. 그의 혈관을 돌고 있는 피는 뜨거운 것으로부터 얼굴을 돌리고, 혈통을 침묵 속에다 감춘 지 오래되는 것 같았다. 무엇을 물으랴. 물을 것이 없었다. 아이누. 아이누. 하늘을 휘 저어 보아도 닿지 않는구나, 아이누! 땅을 휩쓸어 보아도 보이지를 않는구나! 아이누, 아아 아이누! 아이누는 어디에 있는가? 불이 환하게 밝혀진 가게도 쓸쓸했고, 나무를 다듬고 있는 주인도 고독해 보였고, 이미 물고기를 물고 있는 목각의 곰들도 눈물겹도록 쓸쓸해 보였다.

*

기차역을 찾아가는 동안 날은 아주 저물어 버렸다. 여염집보다도 더 작고 낡은 역사驛舍는 지쳐 버린 쉼표처럼 초라했다. 그래도 역사 가운데에는 석탄이 벌겋게 타고 있는 난로가 있어서, 두 사람은 얼얼한 손과 발을 우선 녹였다. 한동안 손을 비벼 난로에 대고 언 손을 녹이던 남자는, 차표를 팜직한 창고 안으로 가서 커다란 상체를 수그려 다음 차편을 알아보았다.

"한 시간이나 남았다는군."

덩치 큰 남자는 차표 두 장을 여자에게 건네며 성가셔하는 표정을 했다. 차표를 받아든 여자는 한 동안 난로를 굽어보았다. 저 남자는 한 시간을 지겨워하고 있구나. 한 시간을 처치 곤란해 하며 난감해 하고 있어. 바람막이 집이 있고 따뜻한 난로가 있는데, 왜 저렇게 못 견뎌 할까. 지금까지 만나고 구경했던 것들을 생각하며 손만 쪼이고 있어도 한 시간은 금방 달아날 텐데. 눈 덮인 벌판, 겨울 숲, 호젓하던 목조木造 건물, 호텔의 벽난로⋯ 지금까지 눈에 넣었던 것들을 잠잠하게 다시 그려 보아도 한 시간은 훌쩍 가고 말 텐데. 저 사람은 왜 저렇게 못 견뎌 하고 짜증스러워 할까. 지금까지 함께 오는 동안 그 무엇도 마음에 담아 둔 것이 없었는가. 저 남자는 낯선 곳을 다닐 때 무엇을 보는가? 신기하고 구경스러운 것이 아무것도 없다는 말인가. 세상 그 어떤 것도 시들하기만 한가. 그러면 저 사내는 왜 나를 두고 안달을 하는가. 나의 무엇을 갖겠다는 것인가. 몸을 마음대로 가지고 노는 것⋯. 그 일이 뜻대로 되지 않는가? 저 남자는 육신의 감각 말고 원하는 것이 있을까? 무엇을 더 갖고 싶어, 목마르고 또 목이 말라서, 저렇게 큰 덩치에 심술만을 가득 채우고 있을까. 저렇게 당당한 사내가 어떻게 하다가 저 지경이 되었을까. 나의 무엇을 더 갖기를 원하는가. 그 큰 몸집의 남자에게 영혼의 방이 있었던가? 그 몸집 가득하게 들어차

있는 불만과 불쾌감을 고스란히 바라보며 그네는 기이한 느
낌에 빠졌다. 아니다, 아니다. 아, 저 남자는 시장해서 그러
는지도 모르지. 우리는 오늘 하루, 지금까지 정말 변변하게
먹은 게 없었지.

"아까 오던 길에 국수집이 있었어요. 보셨어요?"

남자는 트지한 표정을 하고 앞장섰다. 두 사람은 역사驛舎
를 빠져나와 국수집을 찾아갔다. 밖에는 달이 있었다. 투명
한 밤공기가 얼음 속이다. 국수집 포장을 들치고 들어서자
니, 찌들대로 찌든 덧옷에다 텁수룩한 수염을 벅벅 문질러
대며 안주도 없는 술잔을 기울이던 막노동꾼 같은 사내가
고개를 흘낏 돌리다 말고 금방 무심한 얼굴이 되어 다시 술
잔에다 고개를 틀어박는다. 자욱한 김이 서려 있고, 멸치국
물 우린 구수한 맛이 입에 감겨왔다. 아무런 꾸밈없는 가난
한 풍경이 여자를 감싸 안았다. 아아, 이런 세상도 있었구나
— 그날이 그날 같은 세상, 가난한 대로 그럭저럭 살아가는
세상— 무엇 넘겨다 볼 일도 없고, 지닌 것 빼앗길 일도 없
는 세상이 거기 있었다. 국수집 중년여자는 이마에 흘러내
린 머리올을 걷어 올릴 생각도 없이, 들어온 손님의 얼굴을
보는 일도 없이 국수를 말았다. 문득 그네의 가슴이 뭉클해
지고 눈시울이 젖어왔다. 저 국수집 주인여자에게는 남편이
있겠구나. 밤이면 함께 들어가, 그날 번 돈을 계산하며 내일

을 함께 준비할 남편이 있겠구나. 나에게는 저 국수집 여자가 누리는 행복도 주어지지 않는 것인가. 그네가 말없이 앉아 있는 모양에서 무슨 처연함을 느꼈던가. 손쉽게 말아서 내놓는 국수그릇을 앞에 하고야, 남자는 무언가 좀 미안쩍었던 듯 말머리를 돌렸다.

"정 섭섭하면 내일이라도 아사히가와旭川쪽을 다시 찾아가지. 오히려 그 쪽이 아이누의 본 고장일지도 모르니까."

"아뇨, 아사히가와는 아껴 두겠어요." 여자는 국수를 먹기 시작했다. "허술한 집 모양에 비해서 국수 맛이 희한하네요."

남자는 끓어오를 것 같은 적의를 간신히 참는 듯, 여자를 보며 허청 웃었다.

"아사이가와를 아껴 두었다가 또 누구를 골탕 먹일 심산이오?"

"솔직한 적개심을 드디어 드러내시니까 오히려 기분 좋네요. 글쎄…. 아사히가와에 데려다 줄 남자를 다시 찾아야 되겠지요?"

남자는 여자의 말을 못들은 척 '다꾸앙'을 청했다. 오동통한 사십대의 주인여자는, 아, 잊었군요, 하면서 '다꾸앙' 접시를 내놓았다. 놀랄 만큼 후한 손이었다. 일본의 뻔한 도회지 인심으로는 구경할 수 없는 분량의 대접이었다.

"그것 가지고 되겠어요?"

아이누, 아이누 **101**

남자의 체구에 비하여 국수그릇이 작은 것을 여자는 걱정했다.

"삿포로에 가서 무얼 좀 챙겨 먹기로 하지."

돈을 치르던 남자가 여자를 돌아보며 웃었다.

"다꾸앙 값을 받지 않는데? 도회지 같았으면 호되게 멕였을 분량인데…. 일본 땅에도 시골 인심이라는 게 있는 모양이지?"

말을 알아듣지 못하면서도 '오까미'는 호의에 대한 말이라는 것을 짐작했는지 소박한 웃음을 건넸다. 두 사람이 빠져나가면 국수집에는 사십대의 여주인과 무뚝뚝한 막노동꾼 두 사람만 남을 것이다. 국수 국물이 올리는 자욱한 김이 서리고, 조금도 달라질 일이 없는, 영영 흘러갈 것 같지 않은 시간 속에서, 그들은 잠깐 눈길로 마주치고, 또 해도 그만이고 안 해도 좋을 몇 마디 이야기를 건네기도 하면서 하루를 마무리 지을 것이다. 강술을 마시고 있는 사내에게 국수 국물 두어 국자, 그리고 국수 몇 오라기를 말아 건네주면 사내는 '오까미'가 집에서 담근 다꾸앙 솜씨를 칭찬할 테지. 어쩌면 저 사람들이 세상을 잘 살아내고 있는 사람들일는지도 모른다. 끼니 만나서 한 끼 밥을 입에 넣을 수 있으면 그것이 좋고, 득득 얼어붙는 겨울에 불 쪼이면서 한잔 술이라도 걸칠 수 있으면 그것이 좋고, 하루 종일 동동거리고 일하다가, 쓰러져 잠들 자리 한자리만 있으면 그것이 좋은 것이다. 세상 명리名체가 무엇에 닿는 이야기란 말인가. 저희들끼리 찢고 까불고 서로 뜯고 찢어 가지라지. 우리네는 그런 것 거저 안겨준대도 한 끼 밥만 못하니까, 아예 가까이 가져올 생심도 마시오,… 저 사람들은 그럴 사람들이 아닌가. 또 남자와 여자가 만나는 자리라는 것이 얼마나 순수할까. 적당히 먹고 마참한 자리만 있어 서로 닿으면 순연하게 불붙는 본능이 있을 것이다. 깨끗하고 순수한, 본능과 본능의 부딪침이 있을 것이다. 아주 뜨겁고 순수한 본능이.

그네는 국수집을 나서면서 외투 깃을 세웠다. 얼굴을 깊숙이 감추고 싶었다. 역으로 이어진 미끄러운 눈길에서, 빙판을 이룬 얼음바닥은 달빛을 받아 형형하게 빛났다. 문득 그 빛이 끌어낸 듯, 가슴 깊은 속에서 눈물 한 줄기가 솟아올랐다. 눈물에 얼비친 달빛이 물결이 되어 일렁거렸다. 내가 태어난 자리가 어디였기에, 무엇이 나로 하여금 저 우동집 아낙만큼의 행복도 누릴 수 없게 만드는 것일까. 동행하고 있는 남자의 그림자가 나란히 흔들리고, 옆에서 걸어가는 얼음길의 구두 소리가 가깝거늘, 그네는 아득한 얼음 벌판을 홀로 걷는 것처럼 춥고 또 추웠다.

*

　시라오이[白老]를 떠난 기차가 달빛에 물든 설원雪原을 몇 시간이나 가로질러 삿포로 가까이에 이르자, 그곳은 다시 함박눈의 천지였다. 지금까지 보았던 달빛은 꿈결이었다. 설원에 쏟아지는 달빛이 지치면 다시 눈이다. 기차가 달리는 동안 눈송이는 기차를 향해 돌진했다. 그것은 천지天地를 뒤흔드는 쾌감이었다. 차창을 두드리고 쳐대고 깨어 부술 듯이 유리창에서 부서지는 눈발을 보며, 여자는 어떻게 하면 저렇게 몸을 던져 깨어질 수 있겠는지 소리쳐 울고 싶었다. 종착지가 없는 길. 가도 가도 닿는데 없는 인생길. 가야 할 곳이 없는 인생 길. 어떻게 해야 하나. 갑자기 막막했다. 남자는 어지간히 지쳤는지 큰 몸집을 등받이에 기대고 잠들었다. 우리는 함께 있으면서도, 지금까지 서로 길동무 없는 길을 끝도 없이 따로 걸어 왔구나. 그네는 창밖을 바라보며 눈물을 삼켰다. 옆자리에서 천지를 모르고 잠든 사내를 돌아보며 진심으로 미안해했다. 사내를 가엾게 여길 자격도 없으면서, 여자는 사내를 가엾다고 생각했다.

*

기차에서 내려 삿포로 역을 벗어나자, 눈송이는 언제 그랬더냐 싶게 수직으로 조용히 쏟아져 내렸다. 지금까지 함성을 질러가며 쏟아지던 눈은 소리를 삼켰다. 그러나 그것은 차라리 전신全身을 부서뜨려 혼魂을 떨게 만들던 레퀴엠이었다. 레퀴엠이 끝나자 몰래 흘리는 눈물처럼 그렇게 잔잔하게 눈이 내린다. 종점에서 흩어진 승객들은 눈길을 따라 종종걸음으로 스러졌다. 모두, 갈 곳이 있는 사람들. 목적지가 분명한 사람들이다. 그네는 자욱하게 내리는 눈을 맞으며 역 광장에서 눈 속으로 스러져 가는 사람들을 오래도록 배웅했다.

도시구획都市區劃이 어느 곳보다도 잘되었다는 '리틀 도쿄' 삿포로의 현대화도, 하늘과 땅을 휘말며 쏟아지는 함박눈 속에서는 현대화도 무엇도 제 모습이라는 것이 없었다. 대도시의 영롱한 불빛은 함박눈 속을 즐기는 따스한 유령幽靈. 도시에는 불빛만 몽롱할 뿐 빌딩도 아스팔트도 없었다. 쏟아지는 눈 세상에서 아스라한 불빛이 꿈결이었다. 퍼붓는 폭설 속에서 사람들은 공중空中을 둥둥 흘러가고 있었다. 자동차는 큰 길 한 가운데로 눈 더미가 되어 둥실둥실 흘러가고, 승용차도 짐차도 따로 없었다. 어느 곳엔가 주차駐車해 두었던 차를, 눈을 털어 보았자 별 수 없겠다며 그냥 몰고 나온 모양, 승용차가 아니라 눈 더미가 두둥실 둥실 굴러가

아이누, 아이누

고 있었다. 운전석이 있는 유리창 쪽 윈도우 와이퍼만 빠꼼하게 움직여 외눈의 설령雪靈 같았다. 그 무엇 한 가지도 눈을 제치고 내로라고 서 있는 것이 없었다. 눈, 눈, 눈 속에 파묻혀 대책 없이 무릎을 꿇은 삿포로의 밤. 아무 것도 보이지 않고, 그 무엇도 따로 나서는 것 없는 눈 천지. 그래서 마음껏 팔 벌리고 함박눈 속으로 파묻혀 버리고 싶은 충동뿐. 외로움도 슬픔도 공포도 없는 눈 무덤에 묻히고 싶을 뿐. 그네는 발이 땅에 닿지 않는 것처럼 함박눈 속을 걸었다.

*

등황색橙黃色 불빛이 따뜻하게 꿈꾸며 졸고 있는 골목에서 '스페인 주장酒場'이라고 이름 붙은 술집을 만났다. 남자는 그 불빛에 끌려가듯 문 앞으로 가서 눈을 털며 여자를 돌아보았다. 그네는 아무 말 없이 남자가 하는 대로 몸을 흔들었다. 눈 무더기가 후루후루 소리를 지르듯 흩어져 내렸다. 실내는 꿈꾸는 사람들로 가득했다. 밖에서 폭설이 쏟아지건, 길이 눈으로 막히건 상관할 일 없는, 일상의 근심도 걱정도 눈 무덤에 묻어버린 사람들의 꿈꾸는 무덤. 흐릿한 조명 속에 유령들처럼 소리 없이 술잔을 기울이는 사람들. 출생과 죽음이 평화롭게 어우러진 연옥이었을까. 그네는 그 속으로 들어간 뒤에 다시는 밖으로 나가는 일 없이 그곳을 종점으로 삼을 수는 없을까 생각했다.

남자가 보드카를 주문하는 소리를 들으며 여자는 페치카의 불 앞에서 젖은 장갑을 말렸다. 남자는 여자의 의견을 묻지도 않았다. 그리고 보드카 두 잔이 오자 그중 하나를 들어 여자에게 건넨 뒤에, 자기는 술잔을 통 채로 목에 털어 넣을 듯 단숨에 자기 몫을 들이켰다. 남자는 상대방 형편 같은 것은 아랑곳하지도 않고 계속 두 잔씩 독한 술을 주문했다.

"어떻게 그렇게 쉽게 단념을 했소? 아이누 말이오."

남자는 언제부터인가 두고두고 작심한 듯 시비조로 물었다. 여자는 자기 몫을 음미하듯 보드카를 천천히 마시며 희미하게 웃었다. 남자는 이글거리는 눈으로 그네를 쏘아보며 말을 이었다.

"믿어지지 않는군. 오늘, 어떻게 그렇게 가볍게 아이누를 단념할 수 있었는지."

"단념했다고 하지 않았어요."

"오호라 그랬지, 그랬지. 아사히가와로 함께 갈 사내를 찾아내겠다고 했지!"

남자는 술잔에다 화풀이를 하듯 빈 잔을 소리 내어 내려놓으며 지금까지 마시던 화주火酒를 병째 주문했다. 여자는 두려워하지 않고 자기 앞에 놓인 잔을 하나하나 비워갔다. 그리고 남자의 하는 짓을 묵묵히 바라보았다. 남자에게 쌓여가던 울분의 분량을 여자는 짐작했다. 폭발하라! 폭발시켜라! 망설이지 말고 터뜨려라! 너도 깨뜨리고 나도 부서뜨려라. 둘이 저지른 사기극을 끝장내어라! 우리는 피차를 지겹도록 기만해가며 이 여행을 이어가고 있지 않는가. 아니, 아니다, 남자는 처음부터 속을 것을 알며 달려들었고, 여자는 처음부터 자신까지 속여 가며, 어느 쪽이 더 절묘한 기만술을 즐길 수 있는가 내기를 하듯 출발한 여행이 아니었던가. 그네는 이따금 주위를 둘러보았다. 이 구석 저 구석 의자에 파묻혀 이마를 마주 대고 있는 것은 선남선녀들. 자세히 눈여겨보니 젊은 남녀들이 적지 않았다. 그들은 이 자리가 지옥이라도 떠나지 않겠다는 일념의 달콤한 미주美酒를 몸으로 권하고 있었다. 어제도 없고 내일도 없는 현장. 오늘이 지나 내일이 되면 허옇게 바래고 말 에로스. 허무虛無의 앙금이다. 여자는 한숨을 삼켰다, 저 사람들은 즐거울까? 재미있을까? 안타까울까? 몽롱한 취기 속에서 뚜렷하게 부조浮彫되기 시작하는 것은 허무의 앙금들. 그네는 자신의 존재 위에 허무를 덧칠하듯 계속해서 말없이 술잔을 비워 갔다. 아니지, 허무를 덧칠하는 게 아니라 허무를 개칠하는 거였어. 그렇지, 지금까지 자기 나름으로 그려 오던 인생의 허무를 어떻게든 새로워 보이게 하려고 개칠하고 있는 거야. 이 슬프도록 덩치가 큰 이 남자와 어울려 이곳까지 밀려온 것…. 이것도 허무를 개칠하는 짓에 불과하지. 계획했던 것도 아니면서 철저한 사기극이 되고 있는 현장에 대해서 여자는 진저리를 쳤다.

남자가 불쑥 말했다.

"내가 벌을 받고 있는 거야."

남자는 그 말끝에 허탈한 웃음을 달았다. 여자는 취중에도 정색을 했다.

"그 말은 벌써 두 번째인데요? 누구에게 왜 벌을 받는데요? 그렇게 뻐길 것 없어요. 살고 있는 사람은 다 벌을 받고 있는 거예요. 태어나는 것이 체벌의 시작인 줄 몰랐어요? 태어나서 살아가는 것이 다 벌 받는 건데, 뭐 혼자서 당하는 것처럼 그렇게 잘난 척 할 것 없잖아요? 그런데 오늘 벌써 두 번째, 벌 받는다는 이야기를 되풀이 하는데, 뭐 찔리는 데가 있기는 있는 모양이지요? 양심이 눈을 뜨셨거나… 하지만 아까보다 더, 아주 억울해 하는 투로 말하다니…."

"난 그렇게 차원 높은 얘긴 몰라! 단지 남자와 여자가 얽히는 얘기를 두고 말했을 뿐이니까. 하늘이 당신을 보내서 나를 혼내는 거야! 지금까지 여자들에게 내가 한 짓을 한데 묶어 혹독하게 벌을 내리는 거야!"

무스탕은 이름난… 다소 차원 높은 바람둥이였다. 첫눈에 드는 여자가 있으면, 팔목을 덥석 잡는 것으로 여자들이 꼼짝 못하고 끌려들게 만드는 이름난 한량이었다. 남자는 지금, 생판 뜻대로 이끌려오지 않는 한 여자를 만나 황당해 하고 있는 것이다. 여자는 그러는 사내를 건너다보며 담담하게 입을 열었다.

"그래요, 우리는 처음부터 얼마나 어울리기 힘든 남녀인가를 확인하기 위해서 만난 거 아니었던가요? 아니, 어울리기 힘든 게 아니라 생판 낯선 사람들끼리 못된 게임을 시작한 것인지도 모르지요."

"내가 당신의 속셈을 모를 줄 알았나? 당신은 나를 엿 먹이고 있는 거라구! 아이누? 아이누를 만나겠다고? 나하고 함께 있는 걸 지겨워하면서 생각해 낸 묘한 속임수지! 구실이야. 구실일 뿐이지! 당신은 정작 아이누를 만날 생각을 하지 않고 있어. 안 그래? 이제쯤은 좀 솔직해지시지"

여자는 꼭꼭 숨겨 두었다고 믿었던 내심을 들킨 듯 조금 당황스러워했다. 그네의 가슴 깊은 곳에 숨어 있던 쓰라림이 갑자기 고개를 치켜들고 몸을 떨었다. 아아, 아무도 들어올 수 없도록 단단하게 닫아 두었던 어두운 곳이 이렇게 찢어지는가? 절대로 끌려 나가지 않겠다고 단단히 무장을 하고 있던 내심을 이렇게 가차 없이 들킬 수도 있는 것인가.

그러나…. 무엇이 달라졌단 말인가. 달라진 것이 무엇이란 말인가. 달라진 것이라고는 아무것도 없지 않은가. 한 치 한 금도 달라진 것이 없지 않은가. 슬픔이 참을 수 없는 구토嘔吐처럼 치밀어 올랐다.

*

그네가 이혼을 단행하자 여자를 에워싸고 있는 공기는 다양하고도 구구한 억측과 풍설과 수군거림과 비난으로 들끓기 시작했다. 한국의 1960년대 대중에게는 적당한 놀이가 없었다. 촌스러운데다 억지와 떼만 남아 있던, 가난하던 시절. 인습因襲의 얼룩이 아직도 진하게 남아 있던 사회에서, 한 여자가 한 남자와 끝까지 살아내지 못한 쓰라림은 스스로도 감당하기 어려운 것이었는데, 인습이라는 이름의 악의惡意와 화제話題거리로 안주 삼던 대중은 끝도 없이 여자를 물고 뜯었다. 인습의 이빨은 고르지 못했고 그 이빨은 하나하나에 독이 묻어 있었다. 이혼녀는 무서운 전염병 보균자 취급을 받으며 목숨을 부지했다. 남자를 바꿨다는 사실을 가시울타리로 삼고, 그 안에 스스로 가두고 빠져나갈 엄두를 내지 못했다. 그러나 그 울타리가 저절로 무너져 쓰러질 때가 왔다. 누가 무너뜨려 준 것도 아니다. 스스로가 무너져 쓰러질 때가 있었다. 스스로가 판단하여 용기를 가지고 허물어뜨린 것도 아니다. 계속 숨어 있기 위해서 몸을 움츠리고 또 움츠리는 동안 울타리는 점점 삭아가고, 부러져, 그 속에서 몸을 꿈지럭거릴 때마다 그 몸짓에 닿으면서 울타리가 무너져 갔던 것이다. 그네는 자기의 엄청난 착각을 웃을 수 있는 자리에까지 나앉아 있었다. 도덕道德 앞에서 아주 몹쓸 여자가 되었었고 윤리倫理 앞에서 쓰레기 같은 여자가 되어 버렸다고 여겼던 착각이 과장이었다는 것도 깨달았다. 그것은 도덕이나 윤리의 옷을 다시 걸치겠다는 뜻은 아니었다. 결국은 한낱 치정癡情에 불과했던 관계를 놓고 세상이 들썩해질 일이나 되는 것처럼 하늘과 땅을 한꺼번에 쓸어안고 고통스러워했던 자신의 어릿광대 같았던 꼬락서니를 바로 볼 수 있게 된 것뿐이었다. 울타리는 무너졌고, 무너진 울타리 밖으로 튕겨져 나와 보니 무너진 울타리의 잔해 밖에는 아무 것도 남은 것이 없었다. 목숨만큼 가득 차고 질기게, 그러면서 안타깝게 사랑한다고 믿었던 그 사내도 자취를 감추고 보이지 않았다. 만나서, 사랑이라는 이름으로, 독점욕으로 휘두르는 학대에 길들고, 그렇게 길들던 동안 새로운 자아自我가 눈뜨며, 그 자아가, 묵은 울타리를 털고 일어서기까지 또 여섯 해의 세월이 걸렸다.

*

    그렇게 하며 중간 결산처럼 마주친 것이 하루에 두 차례씩 겪어야 하는 절망의 늪이었다. 아침 해 떠오름은 그 빛을 감당할 수 없는 절망. 하루를 건강하게 열심히 일을 마친 사람들이 보금자리를 찾아가는 시간, 그 해지는 저녁이 그네의 절망이었다. 밤이 두려워서 낮의 일을 아귀같이 해내는 여자는 해지는 거리로 밀려나면서 미아迷兒가 된다. 그는 자기가 돌아가야 할 집 동리를 까맣게 잊어버릴 때가 있었다. 차를 타야 할 정거장을 잊을 때가 있었다. 그리고 어디로 뚫린 길인지 알 수 없는 길을 계속해서 걸었다. 퇴근길로 쏟아져 나온 그 많은 사람들을 넋을 잃고 바라보고 서 있는 것이 예사였다. 더러는 그 많은 사람들 틈에 어깨를 비비고 서서 신호가 풀리기를 기다리다가 그 신호가 영원히 풀리지 않는 것이라면 좋겠다는 생각을 하기도 했다. 그러다가 그는 이따금 일모日暮의 길을 걸으면서 울었다. 이 많은 사람 중에 어떻게 내 사람 하나가 없는 것일까. 이 많은 사람 중에⋯ 어떻게 단 하나 그 한 사람이 없을까. 한 집, 두 집, 불이 켜지기 시작하는 거리는 그 불빛을 찾아가는 사람들로 가득 찬다. 그들은 서둘렀고 바빠했다. 그들의 걸음에는 힘이 있었다. 무엇엔가 끌려가고 있는 사람들이었다. 그들은 한눈을 파는 일이 없었다.

그네가 흘리는 눈물은 짙어지고 갈 수 없는 무게가 되어 한 걸음도 내어 디딜 수 없게 했다. 슬픔은 그 여자의 식량食糧이었다. 슬픔의 근원지는 어디일까. 사람, 사람을 찾기 위한 슬픔인가. 그는 찾아야 할 대상이 어딘가에 있다고 막연하게 믿었다. 그렇게 찾아가는 길은 왜 슬픔이어야 하는지 알 수 없었으나 슬픔은 그의 생명을 가득가득 채웠다. 그러나 한동안이 지나자 슬픔은 어느 사이에 두꺼운 벽이 되어 다시금 그를 가두기 시작했다. 그렇게 스스로를 가두기 위하여 그는 계속해서 눈물로 벽을 쌓았다. 스스로 갇히는 자유, 스스로를 가두는 자유를 선택했다. 깊고 깊은 슬픔 속에 자신을 숨겨 두기 위하여 슬픔 이외에 그 무엇도 수용하기를 거절했다.

*

어느 때 이른 아침 눈을 뜨는 순간에 그는 자기의 육체가 생명을 껴안고 벅차하는 것과 만난다. 그것은 감각의 요구가 아니라 영혼의 절규였다. 그것은 이성異性을 필요로 하는 육체의 요구가 아니라 영혼의 굶주림이 몸부림으로 나타나는 절망이었다. 그리고 자신의 육체 또한 너무 싱싱한 것에 영혼이 참담해했다. 그는 아직 육욕肉慾 때문에 괴로워해 본 일은 없었다. 그러나 이따금 눈비비고 일어날 듯한 육체의 칭얼거림은 먼저 슬픔으로 밀려 닥쳤다. 그 슬픔이 너무 투명한 것이어서 육체의 욕망은 앙금도 없이 가라앉았다.

그네가 갈망하고 있는 대상은 어디에도 없었다. 더러 저돌적으로 다가오는 사람은 아내 있는 남자이거나 아내와 자식을 다 가진 남자였다. 더러는 권력과 돈이라는 무기武器까지 다 갖춘 남자이기도 했다. 그 어디에도 그 여자를 슬픔의 성城에서 끌어낼 수 있는 왕자의 기상을 가진 남자는 없었다.

사람들은 이상하지. 생사를 걸고 결혼이라는 굴레를 뒤집어쓰다니. 어쩌면 그렇게도 속속들이 짝을 짓고 살던지…. 어떻게 그렇게 자아自我라는 성城에서 쉽게 튀어 나와서 그때까지 타인이었던 자와 어울릴 수 있는 것인지. 짝짓는 일 말고는 할 일이 없고, 짝을 짓지 않으면 되는 일이 없다는 듯 속속 맞추느니 한 쌍 되는 일. 그렇다고 그렇게 쌍을 이룬 그들이 하나같이 새콤달콤하게만 사느냐면 그것도 아니

잖은가. 지지고 볶고 울고 짜고 밀고 당기고 더러는 목매여 끌려가고, 물고 뜯고 죽지 못해 살고 있다는 푸념으로 이웃까지를 얼마나 시끄럽게 만들고 있는가. 남녀의 풍속도風俗圖란 이상도 하지. 악을 쓰다시피 짝을 맞추고는 또 그것이 무겁고 지겨워 죽겠다고 아우성으로 몸부림치고….

그네는 자신이 쌓은 성안에서 이따금 몰래 밖을 내어다보며 소스라치고는 했다. 내가 저들이 살고 있는, 저들의 방식대로 어울리는 세상으로 다시 들어가는 일이 있을까….

*

여자가 이 덩치 큰 남자를 만난 것은 지난 가을. 가을은 번번이 투명한 주검 안에서 앓는 질환처럼 끝없는 스산함으로 왔다. 투명한 주검 속에서 허무의 통증을 만나거나, 아무런 보장 없는 미래를 더듬게 만들었다. 그리고 끝없이 추위에 떨고 있는 영혼을 끌어안게 만들었다.

더구나 그 가을에 그는 또 한 번의 아픈 매듭을 생살 속에 감추어야 하는 일을 겪었다. 그렇게 비밀하고 깊은 아픔에 비하여 그 시작은 얼마나 미미했던 관계였던가. 다만, 드라마 작가를 대하는 연출로서는 보기 드물 만큼 겸손하고 충실한 사람이라고 생각되던 남자였다. 꽤 오랜 기간을 짝이 되어 일하면서도 남자는 예의를 벗어나 본 일 없었고 색다른 태도를 보인 일도 없었다. 그 남자의 그렇게 깍듯하던 태도에 흔들림이 온 것은 그 남자가 중병에 걸렸다는 진단을 받은 뒤였다. 남자는 여자와 단둘이 만날 자리를 마련해 놓고 오래오래 달아두고 몰래 견뎌오던 향념向念을 처음으로 문 열었다. 그것은 틀림없는 고백이었지만 남의 얘기 대신 해주듯 그렇게 실마리를 풀었다. 수줍디 수줍은 남자, 그리고 과묵한 사람이었다. 또 무얼 어쩌자는 내용도 아니었다. 그 얘기 끝에 그는 병원으로 돌아갔고, 짧지 않은 기간 병원에 있으면서 드문드문 편지를 띄워왔다. 아내의 눈을 어떻게 피했을까 걱정부터 앞서게 만드는 편지였다. 그 남자에게는 생물고물 자라는 아이들도 있었다. 한 남편이요, 아버지라는 자각에 이상異常 없는, 특출한 점이 전혀 없는 그 남자는, 그래서 그 여자를 더 깊고 아픈 병소病巢처럼 깊숙이 껴안고 혼자 앓고 있었다.

　병원에서 나온 뒤, 그는 여자를 찾아왔다. 남자를 집으로 찾아오게 한 일이 없던 여자였지만 예고 없이 집으로 찾아온 그 남자가 낯설거나 싫지 않은 것이 이상했다. 건강을 되찾고 퇴원을 했다는 것만으로 그렇도록 반가워하고 있는 자신에 대하여 여자 스스로도 놀라지 않을 수 없었다. 처음 만나던 순간이나 몇 년 동안 일을 같이 하던 동안에 단 한 번도 그를 남자로 본 일도 없었고 어느 한 순간에도 이성을 느껴 마음이 끌렸던 일이 있었던 것도 아닌 사람에 대하여 그렇게까지 반가움이 일다니 스스로도 놀랄 일이었다.

여자는 그날 밤 남자가 원하는 것을 아까워하는 일없이 내주었다. 연애 감정의 색깔이 칠해져 있는 것도 아닌 자리에서, 그렇다고 감각적인 쾌감에 감지덕지할 것도 없는 어울림이었다. 여자는 남자의 품에 갇혀 있으면서 그 남자의 혼백이 흐느끼는 소리를 들었다. 끝없이 혼자, 그리고 어둡게 불길 없이 타 붙던 고통 위에, 단비가 촉촉하게 내리고 있는 것이 보였다. 남자는 그 비밀한 정사情事를 황홀한 비밀로 간직하기 시작했다. 여자는 그를 미워하거나 원망하지 않았다. 안타깝게 그리워한 일도 없었다. 남자의 혼백은 넝쿨처럼 두 손을 있는 대로 내뻗어 여자를 감고 올라갔다. 아니 어느 사이엔가 여자의 혼속에 스스로를 가두어 두고 행복해하고 있는 것을 여자는 알고 있었다. 그네는 한 번도 그 남자를 자신의 혼에 가두어 두려고 생각해 본 일이 없었건만… 그리고 몰래 탄식했을 뿐이다. '이 인연은… 또 어떻게 끝날 인연이기에….' 언제인가는 끝이 날 일을 쓸쓸하게 생각했을 뿐, 그 남자와의 관계를 계산할 생각은 한 번도 한 일이 없었다. 남자가 순수하다는 것을 알고 있었기 때문이다. 남자는 무슨 일로도 거슬리는 일이 없었다. 여자는 자기가 그 남자의 비밀한 왕국에서 황후가 되어 있다는 것을 알고 있었다. 그 행복한 비밀을 깨뜨릴 이유가 없었다. 누구인가, 자기로 하여 행복할 수 있다면, 무슨 이유를 걸어 그것을 깨뜨리겠는가.

그네의 생활에는 아무런 변화도 일지 않았다. 외로움의 분량에도 변함이 없었고 슬픔의 성채는 계속해서 두꺼워가기만 했다. 아무것도 달라질 것이 없었다. 여전히 해 뜨는 것에 대한 절망과 해가 지는 어둠에 대한 절망을 겪고 있었고 낮에는 아귀같이 일을 했다. 그 남자를 그리워할 일이 없으니 마음 부대낄 일도 없었고, 마음대로 만나지 못한다고 해서 안타까워할 일 없으니, 그 관계에서만은 늘 평온했다. 그가 만나고 싶어 할 때에도 이쪽 형편과 사정 따라서 문을 열면 그 뿐으로 부담이 될 일이 없었고, 가책 때문에 고달파할 일도 없었다. 여자가 여행을 가고 싶으면 훌훌 떠났고, 몇 달이라도 소식 없으면 없는 대로 피차가 그냥 그 자리에 언제나 있을 사람으로 서로 편안했다. 그러한 관계 위에 세월은 가는 듯 마는 듯 흘러갔다, 그렇게 한해가 흘러갔고 남자는 식솔을 거느려 이민을 떠나지 않으면 안 될 일이 생겼다. '아, 이 관계는 또 이렇게 매듭이 지어지는구나.' 생각했지만, 막상 그가 떠난 뒷자리에는 생각해 본 일도 없는 상처가 눈을 동그랗게 뜨고 여자를 바라보고 있었다. 이것은 무슨 생뚱한 일이야? 왜 이래? 무엇이 나를 이렇게 만들었어? 여자는 생뚱한 아픔을 어루만지며 생각했다. '사람과의 관계란 그가 누구였건, 인생의 징검다리나 디딤돌이 아니로구나.' 그네의 가슴 깊은 자리에서, 그 홀연한 상처를 훑고 지나가는 낙엽이 그 늦가을날 흩날리고 있었다.

덩치 큰 남자를 처음 만난 것은 그가 떠나던 날 밤의 일이었다. 그날은 마침 새로 시작되는 TV드라마 첫 녹화를 끝낸 날이어서 늦은 시간에 회식이 있었다. 간부幹部 중 하나가 특별한 장소로 안내를 한다면서 갔던 곳이, 그 무렵에는 이름도 생소한 '멤버십 클럽'이었다. 유난스럽지 않으면서도 주인의 안목에 호감이 갈 만한 장소였다. 아직 전쟁의 후유증인 가난의 때가 가시지 않은 60년대의 무교동에는 싸구려 술집이 즐비했고, 주머니 사정에 한참씩 마음을 부시럭거려 보아야 하는 샐러리맨들이 들리는 술집이라야 대포집이 고작일 무렵, '멤버십 클럽'은 장안에서도 내로라하는 상류층들이 서로 눈길 맞추며 드나드는 특수한 장소였다.

그날 밤 여자는 왁스인형처럼 앉아 있었다. 제작팀 중 한 사람이 클럽의 주인과 자별한 사이여서 이따금 들른다는 곳이라는 소개를 흘려들었을 뿐, 어느 낯선 외국 땅에 들어선 사람처럼 귀에 들리는 것도 눈에 보이는 것도 없는 무표정한 얼굴로 무심하게 앉아 있었다. 오직 한 가지, 너무도 뜻밖의 외로움을 만나 우두망찰 넋을 잃은 인형처럼. 도무지 예측하지 못했던 상황. 아무런 대비책 없이 무너질 것 같은 현실. 그 어이없는 현실을 낯설어하고 있었다.

이름도 생소한 클럽의 실내는 고풍스러웠다. 졸부처럼 허세를 부린 흔적 없는 실내 장식이 우아했다. 손님을 접대하는 종업원들도 단정한 남자들이었고, 음식에도 정성이 깃들어 있었다.

"왜 그래요? 오늘 첫 녹화, 그만하면 성공이었잖아요? 그런데 왜 그렇게 입맛 없는 얼굴로 앉아 있어요? 여기가 맘에 안 들어요?"

방송국 동료가 마음이 쓰이는지 정색을 하고 물었다. 그네는 억지로 웃었다.

"서울 장안에 이런 데가 있었어요? 로열패밀리들이 들르는 클럽이겠네. 잘 하면 여기서도 연속극 헌팅할 수 있겠는데?"

"그런데 웃는 얼굴이 영, 답지 않네요. 오늘 무슨 언짢은 일 있기는 있는 모양이네"

"애인이 죽었어!"

낯색이 달라진 동료가 옆의 사람에게 들킬세라 소리를 낮추었다.

"아니… 그동안 그렇게 감쪽같이 연애를 했었단 말이에요?"

그네가 할 수 없이 웃음을 터뜨렸다. 감쪽같이… 감쪽같이… 그래 스스로에게조차 감쪽같이 였더란 말인가? 여자의 웃음소리에, 젊은 동료가 놀림을 당했다는 것을 알았는지 눈을 부라리며 골을 냈다.

"하여간, 알아주어야 한다니까. 저렇게 간단히 사람을 놀려먹고 속여먹기를 잘 하니까, 연속극을 쓸 때도 마녀의 연금술을 빌려온 것처럼 써 갈기겠지!, 에잇! 두고 봐요, 언제고 나한테 한번 혼 날 때가 있을 테니. 꼭 갚고야 말걸?"

따뜻한 실내, 고소한 음식 향기, 적당한 조명 속에서 즐겁게 웃고 떠드는 사람들, 그러나 그네는 이방인처럼 그 모든 것이 낯설기만 했다. 돌아갈 시간이 되어 체크 룸에서 코트를 찾아 입으려 할 때, 함께 일하던 방송국 부장 한 사람이 그네의 어깨를 돌려 세웠다.

"인사 하시죠. 여기까지 왔다가 그냥 가실 수야 없지요. 두 분 다 장안에서 유명한 분들인데 아직 인사가 없으시다니요."

어지간히 취기가 올라 있던 부장은 그렇게 떠들면서 키가 큰 거구의 사내 앞에 그네를 돌려세웠다.

"대한민국에서 가장 자유스럽고 호방豪放한 신삽니다. 아니, 아마 전 세계에서 그중 멋쟁이 신사라고 해도 지나친 말이 아닌 분… 아직 두 분이 인사가 없다니…. 유 장군將軍! 우리 방송국의 대모代母입니다. 그리고 유장군은 이 클럽의 사장님이십니다. 자아, 어때요? 유 장군! 험프리 보가트가 무색할 만하지요? 그리고 유 장군의 별명은 무스탕입니다."

험프리 보가트가 무색할 만한 남자는 유 장군이라 불렸지만 시원한 정장차림의 신사였다. 별명이 무스탕이라고? 그네는 사내를 잠깐 올려다보았다. 험프리 보가트. 정말이네. 남자의 입은 웃고 있었는데 커다란 눈은 무엇에 주리고 있는 듯 헛헛해 하고 있는, 이상한 불균형의 표정을 감추지 못한 사나이. 그네는 인사삼아 웃어 보려고 했지만 웃어지지 않아서 목례만 건네고 시선을 거두었다. 그러나 그네의 목례를 받은 사내는 익숙한 솜씨로, 체크 룸에서 그네의 코트를 찾아 그네의 등 뒤에서 코트를 펼쳤다. 그네는 처음 만난 남자가 입혀 주는 코트를 말없이 받아 입고 다시 목례만을 남기고 돌아섰다.

밖은 십일월의 늦은 밤. 희미한 가로등 아래 가로수의 낙엽이 발 앞에 수북했다.

*

　그 며칠 후부터 여자는 장안의 모모하는 인사들이 모이는 정중한 만찬의 자리에 초대를 받았고, 그 장소는 그때마다 무교동의, 무스탕 별명, 험프리 보가트가 주인인 그 멤버십 클럽이었다. 클럽의 주인은 당연하게 그 자리에 참석했다. 그네를 초대한 사람은 그 클럽의 홍보를 담당한 사람처럼 클럽의 주인에 대하여, 그리고 클럽의 분위기에 대하여 누누이 상찬을 아끼지 않았다. 그네는 음식을 먹고 조금씩 웃고, 물으면 대답하고 사람들의 이야기에 귀를 기울이는 척 했지만, 그네의 언행에는 온기溫氣가 없었다. 장안에서 볼 수 없는 클럽의 인테리어며 품위 있는 고가구도 별로 신기하지 않았다. 소위 상류사회의 사교적인 모임에서는 사람을 앞에 앉혀 놓고 저렇게 칭찬을 해야 하는 것인가? 누구인가 그 거구의 남자를 선망해가며 아첨에 가까운 칭찬을 할수록, 그네는 거구의 남자에게서 외로움의 그림자가 풍선처럼 부풀어 오르는 것을 보았다.

　얼마 후에 그네는 그 덩치 큰 사내에 관하여 바람처럼 스쳐가는 소문을 한두 가지 씩 얻어 들었다. 그는, 이조李朝 말엽, 대한제국의 미국 초대 공사公使의 아들이라던가. 그러나 후실 소생인데다 어머니는 그 무렵 장안에서 이름을 날리던 기생이었다는 것. 적자嫡子가 아닌 그의 진로進路는 항상 적자인 형의 발뒤꿈치에서 벗어나지 못했고, 그가 꿈꾸던 외교관 생활도 중도 하차하지 않을 수 없었다는 것. 앞길이 창창한 형의 공직에 걸림돌이 된다는 이유였다. 대령 제대는 그의 출생의 문제 때문에 별을 달지 못했다는 것. 그래서 별을 몇 개씩 달고도 남을 만한 자격에, 아깝게 물러난 그를 친구들은 장군이라 불러 준다고도 했다. 아무리 몸부림쳐도 공직에 몸 붙일 수 없었다는 것. 호쾌한 성품의 이복동생은 어머니의 출신을 감추는 일도 없었고 자신의 처지를 한탄하는 일도 없이, 형님의 앞날을 끔찍하게 존중했다. 스스로 물러나 개인 사업체를 만들었다. 아버지의 후광도 있었지만 어머니의 재산도 적지 않았고, 그것을 고스란히 물려받은 첩의 아들은 불평 없이 제 앞가림을 해냈다. 그리고 형님의 주변에 얼씬도 하지 않았다. 이혼 경력이 세 번. 딸들이 있지만 모두 미국으로 유학을 보냈고, 지금 만나서 함께 지내는 여인도 정식 결혼한 사이가 아니라는 것. 그러나 그 사내의 눈에 띄어, 그의 손에 덥석 움켜잡히는 여자 치고 뿌리치거나 싫다고 빠져 나가는 여자가 없었다고 했다. 지금도 그 남자는 사교계 여성들의 선망의 대상이라는 것. 장안의 명사들이 모여드는 무교동의 클럽은 옛날 어머니가 마련한 건물이었고, 그곳에는 눈이 휘둥그레질 만큼 값진 골동품이

웬만한 박물관 못지않게 진열되어 있었다. 그리고 사람들의 관심을 더 끈 것은, 진열된 것 말고도 창고에 얼마가 쌓여 있는지 알 수 없다는 뒷소문이었다. 이혼을 세 번이나 치룬 그 사내는 이제 누구에게 매이는 것을 질색하여 어느 한적하고 호화로운 아파트에서 혼자 기거하고 있다는 이야기도 심심찮게 들렸다. 소일 삼아 운영하는 멤버십 클럽은 친구들을 만나는 장소일 뿐, 돈을 따지는 일이 없다고들 입을 모았다.

"그 친구의 별명이 몇 가지인줄 알아요? 험프리 보가트에, 무스탕에, 장군將軍, 한다하는 지식층 여자들도 은근하게 접근하는 예가 적잖지!" 무스탕의 친구는 그네의 눈치를 살펴가며 계속해서 입에 침을 말렸다. "이제는 저 친구의 머리에도 서리가 내리기 시작했지만, 저 친구의 한 시절은 참 굉장했지요. 우선 토종 같지 않잖아요? 이국적으로 생긴 사나이가 아닙니까? 거 왜 카사블랑카에 나오는 험프리 보가트하고 닮지 않았어요? 우리 사회에서는 보기 드문 한량이지요. 구질구질한 데가 조금도 없지요. 물려받은 재산이 많기도 하다지만, 어디 사람이 돈만 가졌다고 다 후하게 살던가요? 그 사람 옆에는 늘 여자가 들끓었지만 대단한 안목을 가진 그 친구의 눈이 여간해서 여자를 마음에 들어 하지도 않았어요. 하지만, 여자를 한번 알아보았다 싶으면 그 크고 힘센 손이 여자의 팔을 덥석 잡는 것으로 그가 어떤 여자건 그저 맥없이 끌려가게 되어 있었지요. 하지만 저 친구의 안목도 이름난 것이어서 그 친구가 여자의 팔을 덥석 잡는 일이 그리 흔한 일은 아니었죠. 그래도 이거다 싶으면 여자를 움켜잡았고 또 그렇게 잡혔던 여자치고 뿌리치려 했던 사람이 없었거든요. 이 시대를 살아가는 남자치고 저 친구만큼 자유스럽게 마음대로, 그리고도 저 친구만큼 크게 다치거나 욕먹는 일 없이 살아가는 인물도 없을 겝니다. 저 친구하고 살다가 이혼한 부인들도 저 사람을 원망하거나 미워하는 여자는 하나도 없다는군요. 또 인색하지 않게 잘 다둑거려 주기도 했다니까…. 하여간 유쾌하고 대단한 친구지요."

그네는 그런 화제에 별로 귀가 열리지 않았다. 그런 사람도 있었는가…. 건성 들어 두었다. 그리고 그 비슷한 모임이 몇 번 더 있었다.

*

무스탕에게 이상이 발생했다. 아무렇지도 않았던 어느 날, 그날이 그날 같던 어느 날, 북적대던 손님들이 대개 돌아가던 시간에 체크 룸 앞에서 우연히 마주쳐 코트를 입혀 주었던 여자가 뇌리에서 지워지지 않았다. 미모에 끌렸는가? 아니었다. 흔하고 쉽게 입에 올리던 미인이 아니었다. 코트를 입혀 주었을 때, 고개를 숙여 답례를 했을 뿐, 목소리를 들은 일이 없으니 잠깐 얼굴만 스쳤을 뿐이다. 그런데 다음 날 아침에 잠에서 깨었을 때, 먼저 떠오른 것은 그 얼굴이었다. 아니 잠에서 깨어나면서 떠오른 것이 아니라, 잠속에서도 그 얼굴을 보고 있었던 것 같은 느낌이 들만큼 그 모습은 그의 의식 깊은 곳에 각인되어 있었다. 이름은? 직업은? 유부녀인가? 궁금하기 이를 바 없었다. 그는 클럽에 들르는 인사들 사이에서 자연스럽게 그 이름도 알아냈고, 그 여자의 직업도 알아냈다.

"아니? 그 여성을 이제 처음 만났다고? 장안의 사교계 황제가 어떻게 이제야 그 여자를 알아보았는가? 자네 텔레비전도 안 보는가? 그 여성이 연속극의 여왕인데 말이야. 그 여자가 연속극을 시작하면 시청률이 당장 달라진다는 거 아닌가? 별명이 있어요. 언어의 연금술사라는 거야. 얼마나 절묘하게 대사를 엮어 가는지 한번 보라구. 하기야 자네가 저녁이면 클럽에서 친구들 만나 술 마시고, 손님들 돌보느라고 연속극 볼 사이가 있었겠나? 하지만 그 여성에게 매력을 느꼈다면, 한번 연속극을 자세히 보아두는 게 좋을 걸세"

언어의 연금술사? 그런데 왜 그렇게 추워 보였을까? 얼음

구덩이에 빠져 있는 사람 같지 않았던가? 착각이었을까? 그는 유명 인사들을 동원하여 그 여자를 초대할 계획을 치밀하게 세워갔다. 신문사 사장, 방송사 사장, 외교부 인사들이 모이는 자리에 자연스럽게 초대되도록 명단을 만들어 유인했다. 먼저, 한낮에 여자를 관찰하고 싶어 점심 자리를 마련했다. 담담하게 들어서는 여자에게서 험프리 보가트는 서리처럼 차갑게 느껴지는 오로라를 보았다. 별로 대화에 끼어들지 않고 점심을 든 뒤에 여자는 가벼운 인사 끝에 돌아갔다. 그렇다고 무엇을 경계하는 것 같지 않은 자연스러움이 품위를 이루고 있었다. 여자가 돌아 간 뒤에, 남아서 차를 나누던 사내들은 자연스럽게 그에 관해 화제를 모았다.

"어째서 자네가 이제야 저 여성에게 눈독을 들이는가? 저 이혼녀가 얼마나 유명한데? 많은 사내들이 속앓이를 하고 있거든."

이혼녀라고? 무스탕의 가슴이 출렁했다. 이혼녀라고?

"눈독은 무슨 독특한 매력이 있기는 하지만…."

"매력이야? 그냥 매력만인가? 그거 정직한 표현이야 자네?"

"글쎄에-"

무스탕은 마음을 들키지 않으려고 말을 아꼈다.

"잘못 건드리면 피 말릴 걸?"

"피를 말리다니?"

"피가 없어! 눈물도 없고- 드라큘라도 도망가게 만드는 여자야"

"칭찬이야? 헐뜯음이야?"

"연애 소문도 있었지만, 여간해서 넘어가는 일이 없다는 거지."

"그렇게 많은 남자들이 눈독을 들이는가?"

"눈독 한 번 들일 만하지. 다만 얼마나 쌀쌀한지 별명이 얼음공주야. 그냥 쌀쌀한 게 아니고 무심처사 같은 데에 기가 질린다는 게야."

"그렇다면 혹시 장애가 심한 불감증인가?"

"그렇지는 않다는 설도 자자해."

"낯가림일까?"

"수수께끼야… 다정다감한 면도 있다는데 말이지- 지금껏 임자를 만나지 못했겠지. 사실은 언제 터질지 모르는 활화산일 텐데 말이야."

차갑게 느껴지던 오로라는 바로 그것이었던가? 남자는 속으로 웃었다. 차가우면 얼마나 차가울까? 결국은 외로움이겠지- 그런데 뇌리에 달라붙은 여자의 환영은 좀체 지워지지도 않았고 떨어져 나가지 않았다. 늘 하던 대로 클럽 운영에 관한 회계를 검토하고, 더러 골프장에 나가고, 밤이면 친구들과 어울려 술을 마셨지만, 어딘가 헛헛하고 허전했다. 그날 밤 이래로 생긴 증세였다. 그가 운영하는 클럽은 그 사람 개인의 사랑방 같은 것이어서, 밥이나 술을 파는 가게가 아니었고, 들르는 손님들도 서울 장안의 유명 인사들로 사랑방 손님이 태반이었다. 그렇게 하루하루가 대강 즐겁고 대충 보람도 있고, 그저 그만하면 살맛을 즐길만한 나날이었는데, 생각지도 않은 어떤 날 어떤 시간에 동티가 불거진 것이다. 그는 더러 손님이 뜸한 시간에 여자가 쓰는 연속극을 일삼아 보기 시작했다.

여자는 몇 번, 점심자리와 저녁자리에 참석하여 클럽 주인과 안면을 익혔다. 더 멀지도 더 가깝지도 않은 대면이 그렇게 이어졌다. 무심, 담담. 백번을 한자리에 해 보아도 절대로 달라질 것 같지 않은 무심한 얼굴에 덩치 큰 사내는 드디어 질리고 말았다. 참 별… 기이한 동물도 다 보았네! 남자는 남몰래 속이 끓기 시작했다. 덩치 큰 사내는 지금까지 여자들에게 했듯이 그렇게 그 여자의 팔을 덥석 움켜잡거나 하는 일이 소용없다는 것을 알았다. 얼마쯤 후, 신문사 임원들과 어울린 점심 끝에, 무스탕은 여자에게 코트를 입혀 주면서 귀에 대고 말했다.

"우리 집에 몇 번째 오신 겁니까?"

"글쎄요."

여자의 감성 없는 대답에 주인이 다시 말했다.
"이렇게 모시기 위하여 그동안 얼마나 고심해가며 초대할 궁리만을 했는지 압니까? 눈치도 못 채었군요."
"그러셨어요?"
여자의 대답에는 여전히 아무런 색깔이 묻어 있지 않았다.
"바래다 드릴까요?"
남자의 제의에 여자는 의외로 순순히 그러자고 했다. 너무도 뜻밖이어서, 남자는 차고에서 승용차를 꺼내는 동안 가슴이 곤두박질쳤다. 이촌동 한강 아파트까지 가는 동안 여자는 입을 열지 않았다.
"그래도 이렇게 바래다까지 드리는데 무어라고 한마디쯤 말이 있어야 할 일 아닌가요?"
"그냥… 겨울로 접어드는 늦가을은 누구에게도 쓸쓸하겠지요? 혹시… 쓸쓸한 것이 어떤 것인지 아세요?"
남자는 핸들을 잡은 채 웃었다. 인생의 쓸쓸함을 아느냐고? 건방지다! 인생을 저 혼자 살고 있다는 거야? 형편없는 속물로 모욕을 당했다는 느낌이 들어 어이가 없었다.
"인생의 쓸쓸함이라… 글쎄… 그것 무서운 질문인데? 나는 쓸쓸함이 호랑이보다 무서워서 그것을 피해서 사느라고 별짓 다하는 놈이요."

"하기는, 장안에 하나밖에 없는 호화로운 멤버십 클럽이며, 화려한 인간관계며, 어떻든 외롭거나 쓸쓸할 겨를이 없이 사시겠군요."

"그렇다면 어디 한번 그런 속물한테 쓸쓸함이 어떤 것인지 가르쳐 보겠소?"

가시가 들어 있는 남자의 말에 그네는 '잠깐 지나쳤던가?' 돌이켜 보다가 가볍게 웃었다.

남자는 운전석에서 내려 그네가 아파트 계단으로 들어설 때까지 정중한 자세로 서 있다가 돌아섰다. 여운이 있는 뒷모습을 바라보며, 여자는 차가 떠날 때까지 서 있다가 목례로 배웅했다. 그 후에도 클럽의 주인이 주선한 모임은 몇 차례 더 있었다. 그네는 그러한 상황을 알면서도 별로 거부감 없이 회식 자리에 참석했다.

*

가까이에서 여자를 지켜보면 볼수록 덩치 큰 남자는 기이한 느낌에 빠졌다. 장안에서 모모하는 여성들을 수없이 만났고, 그중에서 덥석 잡아 자기 것을 만들어 본 일도 적지 않았건만, 도무지 이 새 얼굴은 가량이 되지 않는 인물이어서 마음이 편안치 않았다. '도대체 무엇이 다르다는 거야? 왜 나는 이 여자 때문에 목이 마르는가? 그리고 이 묘한 인물은 무엇을 향하여 더듬이를 던지고 있는가? 그 더듬이에 닿는 인간은 누구일까?'

남자는 자신의 여성편력 문제로 플레이 보이라는 뒷소문이 떠돈다는 것을 알고 있었다. 바람둥이라는 꼬리표가 붙어 있다는 것도 알고 있었다. 자신의 이혼경력이 장안의, 그리고 여성 사이에 화제가 되고 있다는 것도 상세하게 알고 있었다. 누구는 두 번 세 번 이혼을 도락으로 했겠는가? 아아, 여자라는 동물! 어느 때는 신물이 날 지경이던 때도 있었다. 그는 여자 쪽에서 접근해 오는 경우에 철벽처럼 끄떡도 않는다. 자신이 선택한 여성, 자신이 이끌려 덥석 잡아끄는 여성이 아니면 포획의 긴장감이 없어서 싫었다. 그의 하의식 세계에 어둡게 뿌리를 내리고 있는 자신의 출생 문제 때문에도, 현숙한 여자를 만나 평탄하게 살고 싶었다. 그런데 만나는 여자에게 비추어지는 자신의 모습은 가장家長도 든든한 아버지도 아니었다.

여자마다 결혼이라는 굴레 안으로 들어오면, 마음 놓고 낭비를 하거나 사치를 일삼고, 사사건건 간섭이고 질투의 화신이 되어 찰거머리처럼 들러붙는다. 허영, 허세, 행세, 끊임없는 요구, 딴 주머니 차기, 재산을 탐냈다. 번번이 아내라는 거울에 비추어진 자신의 모습이 너무도 초라했다. 당당한 남편이요 든든한 아버지이기를 원했지만 그것은 이루어지지 않았다. 원인이 자신에게 있었을까? 그럴 수도 있었겠다. 그러나 첫 번째 아내도 끊임없이 재산을 탐냈고, 두 번째 아내도 돈 귀신이었다. 돈을 떼어주고 나니 좋아라고 훨훨 날아가지 않았는가? 남녀의 처음 만남이 일으키는 달뜸은 얼마를 간다던가? 여자들은 처음 만났을 때의 신선함이 없어지면 여러 모양의 귀신으로 둔갑한다. 돈 귀신이 되던가, 질투의 귀신이 되던가, 낭비를 일삼는 귀신이 되기도 하고, 너무도 끔찍하게 성도착에 걸린 듯이 섹스에 집착하는 병에 걸린다. 남자는 늘 목이 말랐다. 진정, 이승에는 영혼이 아름다운 여자는 없는 것일까? 헛헛하고 외로운 사내의 영혼을 품어 줄 여자가 그리웠다. 명예는 포기한지 오래되지만 안락한 가정을 이루고 싶은 욕구는 늘 채워지지 않았다. 언제부터인가 어딘가에 기대고 싶은…. 마음 놓고 기댈 수 있는 대상이 그리웠다. 자신의 내면을 읽어낼 수 있는 상대를 막연하게 꿈꾸었다. 한말韓末, 장안의 유명한 기생이었던 어머니, 그 태를 빌려 태어난 그가 궁극적으로 가지고 싶은 여자는 품위를 갖춘 여성이었다. 진정한 여성스러움, 차가움 속에 뜨거움을 감추고 있는 여자. 감겨올 듯 하면서도 일정한 거리를 지키는 여자, 자신만의 품위를 만들어갈 줄 아는 여자를 목마르게 기다렸다. 그의 호방한 성격 속에 감추어진 슬픔을 알아 줄 여자가 눈물겹도록 그리웠다. 그래서 이번에는… 이번이야 말로… 새로 만나고 다시 찾아보고 하던 반평생이었다.

*

겨울이 왔다. 황량한 겨울. 존재의 깊고 깊은 심연에서 신음이 흘러나오기 시작하는 겨울. 홀로 걸어온 가을이 멀리까지 그림자를 늘이고 있는 겨울. 그네는 추위에 떨기 시작한 육신 앞에서 스스로에게 물었다. 감각이나 본능은 순수함인가? 치열함인가? 아아, 정련精鍊된 영혼은 어디에 있는가? 드디어 존재의 심연에서는 슬픔이 솟구쳐 올랐다.

*

첫눈은 함박눈으로 왔다. 그네는 굽이치는 한강이 내려다보이는 창가에 앉아 하루해가 넘어가는 것을 무연하게 지켜보고 있었다. 전화가 울렸으나 아득하게 느껴졌고, 다시는 그 자리에서 일어날 수 없는 사람처럼 무겁게 앉아 있었다. 울리다가 끊어진 전화는 다시 울리고 다시 울리고, 그 질긴 소리는 끝내 그네를 끌어 일으켰다. 뜻밖에 클럽 주인 무스탕.

"첫눈이 오는 것 알고 있어요?"

덩치 큰 남자의 목소리는 조금 들떠 있었다. 그네는 피식 실소했다.

"눈을 처음 봅니까? 아직도 첫눈 타령이라니, 이제 사춘기를 다시 만나셨어요?"

그네의 응수는, 덩치 큰 남자가 긴장해서 거는 전화에 생각보다 부드러웠다. 농담처럼 전화를 받는다. 남자는 생기가 올라 소리치듯 말했다.

"저녁 함께 하십시다 "

"다른 손님은?"

"없습니다."

"팔을 덥석 움켜잡히는 것보다 더 뜨끔하네요."

"어떻게 그런 것까지-"

"유명하시던데요."

"유명한 것만큼 내용은 실하지 못합니다. 소문난 잔치에 먹을 게 없는 거지요."

"느닷없는 전화로 나 하나만을 초대하는 까닭은?"

그네는 자기 자신에게 지겨움을 느끼면서도 계속해서 장난스럽게 물었다.

"그런 질문을 할 만큼 유치한 사람은 아니라고 믿고 있소."

"상대가 누구냐에 따라 유치해지는 것도 나쁘지는 않은데요?"

"그렇게 자주, 가볍고 쉽게 모욕을 일삼는데, 괜찮겠소?"

"모욕에 얼마만큼 인내심이 있는지 달아 볼 일이 있어서요."

"무엇에 쓰려 하오?"

"누구에게인가 실컷 혼 좀 나 보고 싶어서…."

"그렇다면 지금 외출 준비하고 나오는 게 어떻겠소?"

"별로 끌리지 않는 걸요"

그네는 간단히 거절했다. 일단 끊었던 전화가 다시 걸려왔을 때, 남자는 퍽 조급해했다.

"우리 오늘 저녁만 좀 유치해지면 안 되겠소? 거 뭐 얼마나 살 세상이라고, … 이렇게 함박눈이 쏟아지는 저녁을 혼자 보내려 하오? 해가 저물어 가고 있소. 내가 집 앞에까지 가리다. 저녁이 좀 이르기는 하지만 어디서 저녁을 함께 하든가."

"내가 혼자라는 걸 어떻게 단정하지요? 지금 내 옆에 누가 있거든요."

"옆에 있는 것이 남자라면 내가 총으로 쏘아 죽일 테니, 어서 외출 준비를 하시오."

"마음이 썩 내키지 않네요."

"무슨 뜻이오?"

"소문에 질려 있어요."

"그러면 내 주거지로 가면 어떻겠소? 남의 눈에 띄지 않으려면 안성맞춤이오."

"더구나? 유인하는 방법이 좀 서툰 분이네요."

"유인이 아니라 소문을 피하는 길이오."

"소문 피하려다 호랑이 굴로 들어가라고요?"

그네는 깔깔대고 웃었다. 느닷없는 전화에다, 통화가 길어질수록 장난기가 불어나다니—

"내가 살고 있는 집은 안전합니다."

"집이 나를 잡아먹기야 하겠어요?"

그네는 또 크게 웃었다.

"그렇게 큰 소리로 웃을 줄도 아는 걸 보니 피와 눈물이 있는 사람이 분명하군!"

"내 피하고 눈물을 보시려면 값을 수월찮게 치르게 될 걸요?"

왜 말장난이 시작되었을까. 왜 이 사내가 만만하게 느껴졌을까. 그네는 계속 장난기가 발동하는 것에 흠칫했으면서도 중단하지 못하고 내쳐 전진했다. 뭐, 저렇게 달떠하는데 한번 마주쳐 보아서 그리 나쁠 것 없겠네- 자기가 아무리 난다 긴다 하는 장안의 플레이보이이기로- 그네의 느슨해진 기분은, 가벼운 마음으로 외출을 서두르게 만들었다. 눈이 계속 내리는 저녁에 처음으로 그 덩치 큰 남자와 단둘이 마주앉았다. 고급스러운 장소에 값진 음식에 이것저것 감칠맛 있는 분위기였지만, 그네의 장난기는 수그러들지 않았다.

"드디어 장안에서 소문난 플레이보이의 눈에 뜨였으니, 나도 미구에 성해나지 못하겠지요? 그나저나, 나의 무엇을 보고 이렇게 초대를 하셨어요?"

남자는 무엇을 대단히 참고 있는 표정을 억누르며 코뿔소 같은 얼굴로 웃었다.

"지금까지 만난 일이 없는 건방진 여자를 보았소."

"아직까지 본격적인 건방을 떨지 않았는데 어떻게 알아보셨지요?"

"어떻든, 그대가 얼결에 잡았든, 마음먹고 잡았든, 우리는 피차 삿바를 잡은 것 아니오?"

그네는 잠깐 흔들렸다. 장난칠 일이 아니다… 내친걸음? 무엇을 향하여 내치게 되었는데? 남자가 무엇을 눈치채었는지 약간 무거운 표정으로 물었다.

"긴장하고 있소?"

"긴장까지 할 일이야 없지만, 약간은 께름칙하네요."

"오늘 밤의 회동에 대해서?" 그네는 대답 대신 물 잔을 들었다. 남자가 웃으며 말했다. "냉수 마시고 속 차리시겠소?"

"나는요, 속 차리는데 냉수 같은 것 마시지 않고도 늘 잘 해 나가거든요. 손해를 안 보겠다고 냉수를 마시다니! 냉수라는 것은 처음부터 승부에 자신 없다는 신호거든요."

그 저녁에 남자는 대단한 주량을 보이며 술을 마셨다.

"웬 술을 그렇게 많이 마셔요?"

"첫눈과 첫 데이트를 축하하기 위해서요."

"데이트라고 생각지 마세요. 서울 장안에는 타락을 유혹하는 것들이 점점 늘어나는데, 이런 회동이 별로 건강하지 않을 수도 있거든요. 데이트라니, 무슨 젊은이들이라고…."

"당신은, 남자를 윽박지르는 취미를 가지고 있소?"

"남자가 아니라 인생을 윽박지를 수 있으면, 윽박 정도가 아니라 원자폭탄을 터뜨리고 싶은데요."

"거 참 무시무시한 사람도 다 있군, 까딱하다가는 히틀러나 스탈린보다도 무서운 사람이 되겠소!"

"잘못 아셨네요. 내가 터뜨리고 싶은 것은 내 인생을 쳐부수고 싶은 거지, 타인은 상관 안 해요. 깨뜨려 주고 싶을 만큼 관심을 끌었던 사람이 없었는걸요."

"그렇게 박살을 내고 싶은 인생도 있다니, 거 참 알 수 없는 자학이군! 그러면 그 것, 혼자 하지 말고 나하고 함께 하면 어떻겠소?"

그날의 회동에서 그네는 남자의 눈이 굶주린 야생의 그것 같다는 것을 직감했다. 이 사내는 무엇에 굶주려 있을까. 그 눈이 부담스러웠다. 굶주림 속에 수줍음이 숨겨져 있었고, 삶을 낯설어 하고, 낯선 것을 경계하면서도, 어느 순간에 닿는 대로 물어뜯을 채비가 되어 있는 외로운 늑대 같았다. 안 되겠다. 섣불리 잘못하다가, 무심코 다가갔다가는 저 굶주린 눈에 빠져 죽겠다. 그네는 마음속으로 뒷걸음질 쳤다. 그 날 밤, 남자는 헤어지려고 하지 않았다. 그 덩치 큰 몸집이 철없는 애가 되어 칭얼거렸다. 헤어지지 않으려고 미적거리는 남자를 끌고 밖으로 나왔을 때, 하늘은 여전히 눈을 쏟아내고 있었다. 그네는 눈이 쏟아지는 하늘을 향하여 고개를 치켜들고 반쯤은 장난스럽게 물었다.

"오늘 밤, 그렇게 헤어지기 싫다고 떼를 쓰시는데, 내가 당신을 위해 무엇이 되어 드릴까요?"

"그저… 좀 더 함께 있고 싶은 것 뿐이오."

"내가 들어서 알고 있는 유장군의 별명이 무스탕이라 하던데, 그 별명 하고는 좀 거리가 있는 요구네요. 별명이 무스탕이라는 말을 들었거든요. 무스탕은 이차대전 때 미국이 자랑하던 전투기였다던가… 어떻든, 이제는 승용차에도 그 이름이 붙었는데, 훌륭한 엔진, 무엇보다도 힘센 엔진을 자랑하는 자동차 아니던가요? 외국 잡지에서 광고를 보았는데 외형도 대단히 아름다웠어요. 그런 무스탕이, 잘 알지도 못하는 낯선 여자하고 왜 그렇게 함께 있고 싶은데요?"

"이 세상에 나를 알고 있는 사람은 없소. 지금까지 그 누구도 나를 제대로 알고 이해 해 준 사람은 없었소." 사내는 그네가 나직하게 웃는 웃음소리를 듣고 억양을 높였다. "내 인생은…. 지금까지 황야의 늑대처럼 외롭게 헤매는 일생이었을 뿐…. 나는 황야의 늑대였소. 여자들이 많이 거쳐 갔소. 그러나 이제는 남아 있는 여자도 없고, 모두가 떠나갔소. 그렇다고 아쉬울 것도 없고. 덩그런 집에 혼자 살고 있으니 자유로운 몸이오. 첫 번째와 두 번째 여자에게서 태어난 아이들 셋이 있지만 모두들 외국으로 떠났고 그들은 돈이 아쉬울 때 외에는 별로 아비를 찾는 일도 없소."

"그래서… 외로움을 타셔요? 어울리지 않네요. 소문하고 너무 동떨어져서 내가 사기를 당하고 있는 게 아닌가 싶은데요?"

"하긴… 오늘 이상하게 나답지 않은 말이 자꾸 튀어 나오는 게 이상하군."

"황야의 늑대" 그네는 웃음을 삼켰다. "늑대만큼 영리하고 우아한 동물이 없다는 것 알고 계십니까? 늑대보다 더 뛰어난 사냥꾼도 없고요. 스스로 황야의 늑대라 하시니… 자랑처럼 들리는데요? 황야의 늑대… 늑대는 외로움을 들키지 않을걸요. 늑대가 외롭다고 호소하는 것은, 외로움을 미끼로 쓰려는 속셈인지도 모르지요."

사내는 무엇에 찔린 듯 걸음을 멈추고 여자를 굽어보았다. 굶주린 눈이 아니라 두려움 때문에 당황해하는 눈이었다.

"내가 어이없이 들켰는가? 당신… 대단한 여자로군. 당신 말대로라면 나는 늑대가 아닌지도 모르지. 늑대라고 할 자격조차 없는 놈인지도 모르오. 그러면 당신… 내 안의 늑대를 깨워줄 용의는 없는가? 그동안 여자들을 움켜쥐어 보았어도, 돈을 치쌓아 보았어도, 골프며 여행이며 마작이며 갖가지 도박을 해 보았어도 그것이 삶의 밑바닥에 도사리고 있는 그 무서운 것을 달래 주지 못한다는 것을 확인했을 뿐이오."

그네는 사내 앞으로 돌아서서 진지한 표정으로 입을 열었다.

"삶의 밑바닥까지 들여다 볼 수 있었다면, 이제쯤 홀로서기가 되고도 남았겠네요. 늑대는 무리를 짓고 우두머리를 따라다니는 속성에 살지만, 때로 홀로 떨어져 지내는 늑대가 있다던데요. 철저하게 외로움을 감수하면서 혼자 살아가는 늑대도 있다더군요. 혼자서 먹이를 해결하며 살아가는 늑대는 대뇌가 훨씬 발달한 동물이랍니다. 사람들하고 함께 살고 있는 개들도 원래는 늑대과 아니던가요? 황야에서 늑대와 같이 살았던 개의 대뇌가 오늘날처럼 퇴화한 것은, 인간의 마을로 내려와서 사람하고 함께 살며 주인에게 매여 주인으로부터 먹이를 얻어먹고 살기 때문이라는 겁니다. 그래서 외로움을 모르는 개는 늑대를 이길 수 없다고 하데요. 홀로 지내는 늑대가 보름달을 올려다보며 우우우우 울어대는 소리를 들어 본 적 있으세요? 늑대의 그 기괴한 울음이 천지를 슬픔으로 녹이지요. 선생님께서 혼자된 늑대로 오래 견디셨다면, 그 발달한 대뇌로 한동안 사냥을 계속하실 수 있을 텐데요." 그네는 잠시 말을 멈추었다가 웃음을 담고 말을 이었다. "글쎄… 그렇게 외로움을 익히셨으니 세상에서 인간들에게 얻어먹으며 길들여진 개들이 떼로 달려들어도 싸워서 질 일은 없겠습니다."

남자는 걸음을 멈추고 서서 무엇을 들킨 사람처럼 허탈한 듯, 그러나 들킨 것도 통쾌한 듯 허허 웃었다.

"대단해!, 대단한 사람이요 당신은, 그런데 그 외로움을 터득한 늑대가 이제 늙어버렸소. 그런데 이 늙어버린 늑대가 젊고 약은 암 늑대를 만났다는 것 아니겠소?"

그네가 큰 소리로 웃었다.

"늙어빠진 늑대를 젊은 암 늑대가 왜 거두어야 하는데요?"

"도대체 왜 늑대에 대해서 그렇게 깊은 관심을 가졌으며, 어떻게 늑대를 그렇게 잘 알고 있는 게요?"

"내가 암 늑대라고 하시잖았어요? 내가 암 늑대거든요"

"그렇다면 좋소! 좋고말고! 지금까지 외롭게 헤매고 다닌 것이 이때를 위함인지 알 수 없는 것 아니오?"

"외로움… 정말 외로움을 아세요? 외로움을 오래 껴안고 살아가다 보면 굶주림이 되는데…" 독백처럼 중얼거리던 그네는 자신의 입에서 흘러나온 굶주림이라는 어휘에 몸을 떨었다. 굶주림… 영혼의 굶주림… 그네는 망연하게 허공을 바라보며 계속 중얼거렸다. "굶주린 늑대 두 마리…."

"맞소, 맞아! 우리는 굶주린 늑대 두 마리요. 신기하게도 두 마리의 늑대에게 오늘이 다가온 거요."

여자가 소스라치듯 정신을 차리고 사내를 정면으로 노려보았다.

"굶주린 늑대가 어떻게 죽어 가는지 알려 드릴까요? 무리지어 다니고, 신사적으로 먹잇감을 포획하고, 달밤이면 목을 치켜들고 우우우 소리쳐 울던 늑대가, 한 겨울 먹지 못하고 계속해서 굶주리면 어떻게 비참한 모양으로 죽는지 알려 드릴까요?"

"왜 갑자기 이리 사나워지는 게요? 먹잇감을 끝내 못 찾는다는 말이군."

여자는 스스로를 가늠해가며 조금은 사나운 얼굴로 입을 열었다.

"아니요. 굶주린 늑대의 최후가 얼마나 참혹한지를… 알라스카에만 있는 늑대 잡이 얘기를 하겠어요. 에스키모들은 우리가 보신탕을 먹듯이 늑대를 잡아먹거든요. 그들은 칼날에 고기 덩이를 꿰고 칼자루를 얼음 속에 묻어 두지요. 그러면 알라스카의 겨울 추위는 칼날에 꽂힌 싱싱한 고기 덩이를 금방 얼음덩이로 만들지만, 늑대들은 멀리서도 그 고기 덩어리의 피 냄새를 맡고 기차게 달려든답니다. 칼날 위에서 얼음덩이가 된 고기를 핥으면서 고기를 녹여 먹지만, 그렇게 계속 핥으면서 광포해진 늑대는, 칼날 위의 고기가 다 없어져도 핥던 짓을 중단하지 못한다는 거지요. 예리한 칼날에 제 혀를 베이고 제 혀에서 피가 흘러나오지만 그 피 맛에 홀려 핥는 짓을 그만두지 못한다는 거지요. 그렇게 목숨이 끊어질 때까지 자신의 피로 허기를 채운답니다. 에스키모들의 늑대 포획 정경, 끔찍하지만 무언가 마음을 찌르는 게 있지 않아요? 어쩌면… 인간 중에도 그렇게 제 피로 허기를 채우다가 죽는 경우가 없지 않겠지요."

남자는 눈이 쏟아지는 하늘을 향하여 고개를 젖히고 한동안 말이 없다가 한참 만에 한숨을 몰아쉬며 입을 열었다.

"지독한 사람이군. 무서워… 당신은 어떻게 하다가 이렇게 잔인한 사람이 되었을까, 이렇게 지독하고 무서운데도 발길이 돌아서지 않으니, 이런 걸 두고 운명이라 하는가?"

"외로운 늑대가 운명론을 입 밖에 낼 때가 되었으니 볼 장 다 본 것 같네요."

"이런 함박눈을 맞으면서 그렇게 잔인하게 구는 걸 보니… 난… 여성 중에 이렇게 잔인한 사람을 처음 만났소. 칼날 위에서 얼어붙은 고기 덩이를 핥는 자가 바로 그대가 아니오?"

그렇던가? 그렇던가? 칼 날 위의 얼음고기 덩이를 핥다가, 내 몸의 피에 홀려 끝없이 그 피를 마시면서 죽어가는 내가 바로 알라스카의 늑대였던가. 여자는 몰래 몸을 떨었다.

눈발은 점점 굵어져 눈앞이 잘 보이지 않도록 자욱하게 쏟아져 내렸다. 거리의 불빛은 몽롱했고 쏟아지는 함박눈 속에서 모든 것이 스러지고 오직 두 사람만 남은 듯, 거리에 오가는 사람도 눈에 띄지 않았다. 남자는 신음과 함께 갑자기 여자를 끌어안았다.

"오늘 밤 함께 지내면 안 되겠소? 그냥 이렇게…. 밤새도록 이야기만 하면서… 당신의 잔인한 이야기를 계속 듣게 해주오."

그네는 남자의 가슴을 밀어내면서 웃었다.

"새로운 사냥감이에요?"

"사냥감이라니?"

"평생 새로운 사냥감을 찾아서, 눈에 띄는 새것이면, 너무도 당당하게 사냥에 성공을 하셨던 분이라고 하던데요?"

남자는 장승처럼 서서 낭패한 목소리로 항복했다.

"내 사냥의 실적은 형편없었소, 조준은 정확했지만 잡아 놓고 보면 늘 보잘 것 없는 것들이었거든."

"지금 앞에 보이는 사냥감도 잡아 놓고 보면 또 그저 그렇고 그런 것으로 금방 시들해 지겠지요. 사냥이란, 잡기 위해서 달리는 동안만 생기를 얻는 것 아닙니까? 잡히기 전에만 신선하고 잡고 나면 별로 대수롭잖게 여겨져서 버리고 싶은 심정… 그런 것이, 영혼의 접합 없이 만나는 남녀의 관계겠지요. 남자가, 여자를 사냥감으로 삼는 이상 그는 짐승이지요. 짐승일 수밖에 없지요. 스스로 짐승으로 전락하여 짐승으로 살다가 짐승으로 끝이 나는 것이겠지요."

"이 함박눈 내리는 밤에, 이렇게 어이없이, 나는 당신에게서 사형선고를 받는군! 그러니 제발 내가 짐승으로 끝나지 않도록 나를 도와 달라는 것이오, 부디!"

사내의 목소리는 비장했다. 이 사람은 누구인가. 갑자기 나타난 이 사내는 무엇을 원하고 있는가? 왜 황야의 늑대는 이렇게 새삼스럽게 외롭게 울부짖는가? 사내에게서 꾸밈의 냄새는 나지 않았다. 황야의 늑대. 황야의 늑대. 오늘이라는 것을 누려 본 일이 없이, 무작정 내일로 건너뛰려는 허망한 서두름만 남겨진 늙은 늑대. 굶주리고 굶주렸지만 먹이가 있어도 그것을 어떻게 먹어야 할는지 모르는 늙어가는 늑대. 상류사회의 사교계는 이런 사람을 치켜세워가며 그 사내를 한없이 이용한다. 그 누구도 이 외로운 늑대의 영혼이 울부짖는 소리를 듣지 못한다. 들으려고 하지 않는다. 그네는 문득 자신도 또 한 마리 늑대가 되어 달밤의 허허한 허공을 향하여 울부짖고 있다는 느낌이 들었다. 허기진 두 마리의 늑대가 함박눈을 맞으며 마주보고 있다.

"한 가지 방법은 있을 것 같네요."

그네는 갑자기 내던지듯 말했다. 남자가 눈을 빛내며 여자의 입술 가까이에 귀를 가져갔다. 그네가 아득한 곳을 향하여 비밀을 말하듯 나직하게 말했다.

"우리가 피차 단 한번, 서로 바람을 피우는 조건으로 끝낼 수 있다면-"

"바람? 바람이라고 했소?"

사내는 너무도 황당하여 황소처럼 큰 눈을 더 크게 뜨고 여자를 바라보았다.

"왜 놀라세요? 얼마든지 그렇게 살았던 분 아니던가요? 소문대로라면⋯."

"아니…."

덩치 큰 남자는 말을 잇지 못했다. 그네는 자신이 던진 말이나 자신의 생각이 바뀔세라 말을 서둘렀다.

"다른 어떤 요구조건 없이, 그렇게만 합의를 하고, 더는 뒤를 돌아보는 일 없이, 이 관계에다 후렴을 부치지 않겠다는 약속이 지켜진다면… 그렇게 약속이 지켜진다면… 생각해 볼만 하겠는데요."

"이 관계에다 후렴을 달지 않는다는 조건으로, 단지 바람으로?"

"단 한번으로! 더는 뒤를 돌아보지 않는다는 조건만 지켜진다면!"

찌꺼기가 갈아 앉아 있는 우물을 쳐내듯 그네는 말을 쏟아 놓았다. 무슨 느닷없는 반란인가? 지금까지 무엇인가를 기다리고 기다려 오던 그 기다림을 이렇게 헌신짝 버리듯 내던질 수가 있는가? 모험도 아니었다. 자포자기. 퇴폐… 타락! 추락! 자신을 용서하지 못할 상황으로 밀어붙여 보려는 엉뚱한 시도. 추락하는 깊이가 어디까지인가를 재어 볼 셈이었을까? 영혼이고 혼백이고를, 천박하고 천박하게 구겨 던져버릴 수 있는 한계를 확인하기 위한 기회를 포착한 듯, 그네는 망설이지 않고 말을 던졌다.

남자의 머리와 어깨 옷깃 위로 눈이 쌓여 가고 있었다. 사내의 눈빛이 시들었다. 그리고 그 눈에 어두운 이랑이 패이기 시작했다. 슬픔 비슷한…. 한참 만에 남자가 가까스로 입을 열었다.

"바람을 피워 보았소?"

"그것만 못 해 보았거든요."

남자는 대답 없이 무겁게 돌아서서 눈 오는 길을 혼자 걸어갔다. 어깨가 무거워 보였다. 그네는 남자의 뒷모습을 바라보며 안도의 한숨을 쉬었다. 심한 장난기가 발동했었지. 다행이다. 이쯤, 끝내주어서 정말 다행이다.

*

황야의 늑대로부터 이틀 만에 전화가 걸려 왔다. 해질 무렵인데 남자는 몹시 취해 있었다.

"결심이 섰으니 만나야겠소."

함박눈이 쏟아지던 날 밤, 집으로 돌아간 덩치 큰 남자는 밤잠을 이루지 못했다. 불길하게 느껴질 만큼 마음을 사로잡는 이 여자는 도대체 무엇으로 빚어진 인간인가? 지금까지 만난 여자들 중에 자기를 이렇게 대접한 여자는 없었다. 자기는 어느 여자 앞에서나 왕이었다. 늘 군림했다. 그에게 팔목을 한 번 잡힌 여자는 그것을 운명으로 알고 부복했다. 그리고 남자인 자기가 베푸는 것을 시혜로 알고, 어떤 형태로 살아가던 그 남자에게 버림을 받지 않는 것만을 소원하며 살지 않았는가? 그런데, 어디서 돌출한 이 젊은 여자가 왜 이렇게 마음을 시끄럽고 뒤숭숭하게 만드는가? 무엇? 바람을 피워 본 일만 없으니 바람피우는 조건으로 만나되, 그 이상의 것은 바라지도 말아라? 후렴 없는 바람피우기? 남자는 어이가 없었다. 그는 자기만큼 여자라는 존재를 잘 아는 사내는 없다고 믿었다. 자기에게 팔목을 잡힌 여자는 여자 중에 무언가 달라도 다른 여자들이었다. 한번 눈에 들면 눈총으로 쏘았고, 그 눈총을 맞으면 대개는 무너져 왔다. 그런 여자들은 잠금 고리가 없는, 열려 있는 문이었다. 그러나 일단 그 문으로 들어가고 나면, 호기심과 신비는 아침 안개처럼 간곳없어지지 않았는가. 허망하고 허망한 관계가 이어져 왔다. 피차 소유욕에다 자기들 나름의 날인捺印을 하고 나면 그때부터는 약점 찾기 시합처럼 서로가 사나워지거나 싱거워지고 마는 것이 남녀의 관계였다.

덩치 큰 사내는 생각할수록 이 젊은 여자의 당돌함이 어이없고 분했지만, 우선 떠나 보고 말 일이라고 결심을 했다. 후렴? 후렴 붙이지 않는 바람? 어디? 떠나보자, 그렇게 함께 떠난 뒤에도 네가 후렴을 붙이지 말자고 돌아서겠는가? 남자는 용기 충천하여 전화를 걸었다. 혹시… 농담이었다고, 농담이었노라고 잡아떼지 않을까 저어하면서 남자는 목소리에 힘을 주었다. 아니나 다를까, 그네에게서는 억제한 숨소리가 전해져 올 뿐, 한동안 말이 없었다. 남자는 서둘렀다.

"그날 밤, 그런 제의를 한 것은 당신이었소. 이제 와서 발뺌하기요? 후회스럽소? 취기였다 하겠소? 당신답지 않게 비겁하군…."

그네는 숨을 돌리고 나서 대답했다. 돌진하듯, 들고 있던 총기에 방아쇠를 당기듯 말했다.

"하지만 서울에선 안돼요."

"서울에선 안 된다고? 서울은 안 된다고?"

"서울에선 안돼요! 조건 중에 하나, 서울에선 안돼요."

"그렇다면, 그건 바람이 아니라 작전作戰이라고 하는 게 옳겠군. 서울에서 안 된다면 어디서 만나자는 거요?"

"우리가 함께 있으면서, 우리가 무슨 대화를 하든지, 뭐라고 떠들든지 우리의 말을 알아듣는 사람이 없는 곳이라면…." 그네는 비교적 담담하게 그런 대화를 이어가고 있는 자신에게 놀랐다. 그러나 그 놀라움을 뭉개듯 그네는 말을 이었다.

"소문만은 사양하겠어요."

그네는 함부로 떠들어대고 있는 자신을 두고 냉소했다.

소문을 싫어한다고? 남의 눈을 피해야 한다고? 누구를 속이고 누구의 눈에 뜨이지 않겠다는 것인가? 이건… 치정癡情도 못되는 헛된 경기競技를 시작하자는 것 아닐까. 추문… 나 자신을 향해 내가 던지는 추문일 뿐이지. 내가 무슨 짓을 하고 있는 거야? 그네의 코끝으로 악취가 스쳐갔다. 그네의 영혼은 자신이 점점 깊은 수렁으로 빠져들고 있는 것을 우두커니 바라보고 있었다. 죄, 죄에도 열정이 있으련만- 이 짓은 그런 열정도 없는 기괴한 출발이다.

사내는 잠시 숨을 죽이는 듯 했다. 그러다가 감추고 있던 패를 이판사판 던져보듯 불쑥 말했다.

"모욕이라도 감수하겠소. 하지만 조건이 좀 까다롭다는 생각이 드는데…. 바람을 피우고 싶은 거요? 당신은 그것만 못해 보았다고 했소. 그렇다면 그까짓 세상 사람들의 이목쯤도 우습게 여길 줄 알아야 하는 거 아닐까? 당신 정도의 여걸이 남의 이목을 꺼려한다는 건 좀… 당신답지 않은데… 바람이라… 바람이라. 어떻든 전화로는 안 되겠으니 만나야겠소. 바람을 위한 예비회담쯤은 필요하지 않겠소?"

그네는 저항 없이 남자를 만나러 나갔다. 늦은 밤. 남자는 어지간히 취한 몸을 술집 스탠드에 기대고 얼빠진 얼굴을 하고 있었다. 여자가 들어서자 사내의 눈에 반가움과 증오가 엇갈린 빛이 번쩍 빛났다. 두 사람은 간단한 계약을 체결

하듯 약속했다. 며칠 후 각자 출발 날짜를 따로 하고 일본 하네다 공항에서 만나기로 약속했다. 1972년 2월. 어느 날. 일본 북해도北海島 삿포로에서는 동계 올림픽준비가 한참이었다.

*

그렇게 집으로 돌아온 그날 밤, 그네는 상처를 안고 동굴 속에 숨어 있는 짐승처럼 자신의 깊고 음습한 신음에 빠져 잠을 이루지 못했다. 이제 어디로 가는 것일까. 자신을 절대로 용서하지 못할 수렁에다 던져 버리고 싶은 자학은 무엇을 위한 것일까. '나는 절망의 포식자를 뱃속에다 감춘 괴물인가? 그러나 아무리 깊은 신음도 출구를 찾는 데는 전혀 도움이 되지 않았다. '이것이 슬픔의 성城을 빠져 나가는 길일까 아니, 아니다! 나를 가두어두는 성城을 더욱 높게 더욱 두껍게 쌓는 방법이다. 이렇게 가면을 쓴 나를 던져 무엇을 얻겠다는 것인가? 이렇게 던져지는 나는 누구인가? 그러한 나를 받아들이겠다는 저 사내는 누구인가? 무엇을 주고 무엇을 받을 수 있는 관계인가? 괴물은 자기 생존을 위한 에너지를 이런 방법으로 비축하는가? 세상에 자기自己를 기만欺瞞

하며 살아가는 인간보다 더 끔찍한 인간이 있을까. 말 그대로 바람을 피워? 나는 바람 난 여자인가? 어디로부터 불어온 바람인데? 바람이 아니라 나를 더 깊은 감옥에 가두려는 음모일 뿐. 더 깊은 곳에 숨는 방법을 알아 낸 것 아닐까. 그러면 저 덩치 큰 남자는 누구인가. 나 같은 사기꾼에게 걸려든 저 남자는 누구인가. 할 수 없지, 자기가 눈멀어 잘못 짚었으면 당하는 것이지. 누구를 탓하랴. 오늘이 없이 내일로 건너뛰려고만 하는, 허망한 희망에 지쳐가는 저 사내에게서 나는 무엇을 얻어 낼 것인가? 나는 미래가 없는 허망한 과거만을 만들고 있구나.' 존재의 심연에 실핏줄 한 가닥 보이지 않았다.

*

덩치 큰 남자의 가슴에 생경한 화살 하나가 날아와 꽂혔다. 맹랑하다. 허, 참, 맹랑하네! 도대체 저 맹랑한 여자는 어디에 숨어 있다가 튀어 나왔는가? 바람을 피워보자고? 겨우 나를 바람을 피울 정도의 인간으로 밖에는 대접할 수가 없다? 그런데 이상한 것은 고 맹랑한 것이 아무리 방자하게 굴어도, 그의 언행에는 무어라 형언할 수 없는 향기가 있었다. 무슨 향기인지 이름할 수 없는 향기였지만, 슬픔, 고뇌, 갈

등, 몸부림, 분노, 외로움, 그 어느 것이라 해도 그 여자만이 지닌 아스라한 향기가 있었다. 그것은 여체에서 풍기는 육향肉香과는 달랐다. 닿지도 않고 짚어지지도 않는, 미궁 같은, 그러나 끝없이 빨려 들어가게 만드는 향낭香囊을 여자는 지니고 있었다.

쾌남 무스탕, 정계에서고 재계에서고 유쾌한 신사로 통하는 그는 누구를 만나도 매인데 없이 자유로운 사내였다. 손 벌릴 일 없고 부탁할 일도 없는 자유인, 소실의 아들이라는 자신의 운명에 대해서 별로 무안해 하지 않는, 헐렁하면서도 소탈한 인품을 사람들은 좋아했다. 그의 클럽에는 각계 각층의 사람들이 꼬여 들었다. 더 올라 갈 일도 없고, 더 미끄러질 일도 없이 생긴 대로 살 수 있는 그의 호쾌함을 사람들은 누구나 좋아했다. 그의 여성 편력에 대해서 왈가왈부하는 사람도 없었다. 얼마든지 그럴 수 있는 사람으로 치부하여 그의 편력에 대한 소문은 따로 도는 일이 없었다. 소위 사교계에서 관심을 갖는다면, 요즘은 어느 여자가 무스탕에게 눈독을 들이느냐 정도가 화제였다.

그날은 무슨 날이었을까. 어디에 죽은 듯이 숨어 있던 독화살이 튀어 나온 날이던가. 어떻게 해도 손 안에 들지 않는 여자 하나. 도대체 어떻게 왜 만나게 된 인연이라는 말인가. 방송국의 국장이 무스탕에게 그 여자를 소개하던 날, 그 밤에 무엇이 숨어들어 와서 교란을 시작한 것일까? 방송국 친구들이 돌아가던 그 시간에 체크룸 앞에 서 있지만 않았어도 고 맹랑한 여자와 마주칠 일은 없었을 것 아닌가- 사람을 소개하는데, 여자는 눈도 치켜뜨지 않고 보일 듯 말 듯 고개만 숙이지 않던가. 주인이라는 사람이 체크룸에서 코트를 찾아 입혀주려고 서 있는데, 잠깐 사람을 올려다보는 듯 했지만 시선을 건넨 것도 아니었다. 세상에 그렇게도 무표정한 얼굴로 코트를 받아 입지 않던가. 발칙한… 발칙하기 짝이 없는… 그런데 이상한 일은, 그 얼굴을 본 순간, 왜 갑작스럽게 가슴이 쿵쿵거렸는지, 무엇에 찔린 듯 아릿하면서도 그 아픔이 지금까지 한 번도 느껴 본 일 없는 쾌감으로 오는 것이 기이했다. 이 나이에 무슨… 객쩍게시리… 그러면서도 어떤 방법으로든지 그 여자를 다시 보고 싶다는 일념으로, 클럽에 모임이 있을 때면 자연스러운 방법으로 초대를 했고, 그렇게 참석하는 여자를, 몰래 삼킬 듯이 바라보고는 하지 않았는가. 한심하게도, 여자의 전화번호를 알아내느라고 한동안 부심했고, 막상 전화를 걸려 하니 망설여지던 것은 물론 떨리기까지 하지 않았던가. 그렇게 어렵게 전화가 연결되었을 때, 이건 또 무슨 일인가? 여자는 선선하게 전화를 받아 주었고, 농담 비슷한 말로 수작에 응대해주기까지 하지 않았던가. 그리고 결말이 '딱 한 번, 바람을 피우는 조건

아이누, 아이누 159

으로' 라니-

 무엇에 홀린 기분이었다. 향기로운 병균이 침범한 듯, 무스탕은 소년처럼 들떠 있었다. 평생 여자에게 홀려 본 일은 없었건만, 이름을 알 수 없는 병균이 마음을 갉아먹고 있는 것 같았다. 무스탕은 일이 손에 잡히지 않아서 서성거렸다. 클럽 운영에 치밀했고, 그날그날 식탁에 얹는 꽃까지 일일이 참견하던 그가 갈피를 잡지 못하는 모양이 역력했다. 바람을 피운다, 딱 한 번 바람을 피우는 조건으로, 다시는 뒤돌아보기 없기로 바람을? 무스탕은 문득 문득 화가 치밀었다. 놀림을 당하고 있다는 생각에 약속을 엎어버릴까도 생각해 보았다. 그러나 스스로를 달랬다. 서둘지 말자. 엎어치든 이어가든 서둘지 말자. 고 맹랑한 것이 무엇에 대하여 반항하기 위하여 자기 자신을 수렁에 처넣으려는 것인지, 누구에게 타격을 주기 위하여 보란 듯이 자신을 던져버리려 하는지 알 길이 없었지만, 일단 한 수 져 주자며 마음을 가라앉혔다. 혹시, 실연을 한 것일까. 그렇게 도도한 여자를 차버린 남자가 있다면 그 놈은 또 어떤 놈일까. 문득 상상만으로 울화가 치밀었다. 가슴 밑바닥에서 쓰디쓴 것이 치밀었다. 생전 구경할 일 없던 질투- 그래, 네가 바람을 피우자면 바람을 피워 보자! 단 한번 뿐이라고? 내어버리듯 던지는 너를, 내가 얼마나 멋있게 받아들이는 캣쳐가 되는지 보여

주마!

　그러나 한편, 도무지 뒤숭숭해서 갈피를 잡지 못하는 자신이 한심하기만 했다. 어쩌자고 이 나이에 이르러, 저 젊은 여자에게 모욕에 가까운 제의를 받아가며 질질 끌려가고 있는가? 그는 스스로를 이해할 수 없었다. 화가 치밀기도 했다. 그러면서도 묘한 흥분 속에서 그날을 기다렸다. 여자보다 하루 일찍 김포에서 일본행 여객기에 올랐을 때, 무스탕의 가슴은 소년처럼 설렜다. '단 한 번의 바람피우기'라는 데, 무스탕은 덜떨어진 것 같은 자신의 행태에 어이가 없기도 했지만, 한 번이든 두 번이든, 떠나고 보자, 떠난 뒤에는 박차가 가해질 수도 있으리라, 다짐해 보았다.

　　　　　　　　　＊

　그네가 하네다에 도착한 날. 하루 먼저 가 있던 남자가 공항으로 마중 나왔다. 공항 건물 유리창 안쪽에서 활짝 웃고 있는 남자를 발견한 순간, 그네의 가슴이 철렁 내려앉았다. 무슨 짓을 저지른 거야? 입국 수속이 끝나, 남자 앞에 서게 될 때 나는 과연 어떤 얼굴이 될 것인지. 갑자기 돌아서서 달아나는 것이 옳은 일인지…. 그러나 그네를 사로잡은 시간은 앞으로 전진하고 있었고 허망한 각오는 내심 뒷걸음질 쳤다. 입국수속을 하는 동안, 차라리 노예로 팔려가는 길이라면 이렇게까지 막막하지는 않았을 것을. 그네는 난생 처음 너무도 캄캄한 두려움에 사로잡혔다. 공항 건물 유리창에서 그네를 발견하고 손을 흔드는 무스탕의 활짝 웃는 얼굴이 삐에로처럼 보였다. 악몽 속에서 남자와의 거리를 좁히지 못하고 허우적거리듯 그네는 가슴이 답답해왔다. 무스탕이 득의만만해 보인 것은 착각이었을까.

덩치 큰 남자가 대절한 리무진은 쾌적한 속도로 도쿄 시내를 향하여 달렸다. 리무진은 날듯이 달리는데 그네는 중압감에 숨이 막혔다. 입을 열자! 입을 열어! 무엇이라고 지껄이기라도 하자. 폭발하고 말겠다. 여자는 실성한 사람처럼 지껄이기 시작했다. 떠들어대는 자신도 무슨 내용의 말을 지껄이고 있는지 몰랐다. 미치는구나. 미친다는 것이 이런 것이로구나. 여자의 갑작스러운 다변多辯에 어리둥절해진 남자는 기이해 하는 표정으로 그네를 살폈다. 김포에서 출발한 여객기가 하네다에 도착하기까지 공항 건물 안에서 서성거리며 기다리던 흥분이 가라앉지 않은 남자는, 숨을 죽이며 부푼 가슴을 달래고 있었으나, 예기치 않았던 여자의 다변에 내심 당황해했다.

이 차는 어디를 향하여 달리고 있는가? 무엇이 기다리고 있는 곳인가? 그네는 공항건물 유리창 안에서 손을 흔드는 남자를 발견한 순간 자신의 죄목罪目이 거기 어마어마하게 확대되어 걸려 있는 것을 보았다. 다시는 돌아 나오지 못할 허망虛妄이라는 죄의 문門이 활짝 열린 것을 보았다. 자신과 상대방을 한꺼번에 속이는 게임, 분명 악덕이었다. 누가 누구를 속이고 있는가? 저 남자는 속는 줄 알면서 기꺼이 문을 열었고, 나는 저자를 속인다고 하면서 내가 나를 속이고 있다. 미련 없는 게임. 애당초 승부도 없고 의미도 없는 장난을 시작한 죄가 너무도 당당한 얼굴로 서 있었다. 명분 없는 어울림. 차라리 매춘이 낫겠다. 무엇 때문에 이 천근 바위를 끌고 산꼭대기에 오르려 하는가? 이 짐은 누가 지워 준 것이기에. 그네는 자신의 실체實體를 확인할 수 있는 길을 찾는 과정이라고 생각했다. 존재의 심연에서 아무것도 찾지 못한 행려자가, 자신의 실체를 난공불락의 성城에 숨겨 두고, 가면의 관계를 통하여 무엇이라도 파악해 보겠다고 했었다. 혹시 그 그림자라도 찾을 수 있을는지 모른다는 막연한 기대를 가지고 있었다. 나름대로 관계는 거울이 되어 줄 것이라는 막연한 기대를 의지했던가. 그러나 지금까지 그 어떤 관계도 여자의 실체를 되비추어주는 상대는 없었다. 부모, 형제는 숨 막히는 사슬이었고, 결혼과 남편은 생존의 의미까지 짓이기던 지옥이었다. 실체를 만나지 못한 갈등. 손톱이 빠지고 손가락이 부러져 나가도록 파고 또 파내어 보아도 드러나지 않는 실체.

새롭게 시작되는 관계는 되풀이 되는 짐이었다. 고통만이 생명의 본질인 듯. 고통을 숨 쉬는 일만이 생존확인이었다. 누가 말했는가, 세상 고통을 삶의 위엄으로 승화시키라고! 그러나 그는 그 고통 속에서 아직 씨앗도 찾지 못했다. 씨앗을 배태하지 못한 고통. 그것은 절망이었다. 창녀의 하루하루가 그런 것이었을까. 그네는 끔찍한 회한을 감추고 스스로를 짓밟듯이 자조自嘲했다.

*

비겁하게! 여자는 그렇게 자신을 윽박질러가며 조건을 제시했다.

"아무리 바람을 피우기 위한 밀회라지만, 그래도 피차 무슨 품위 같은 것이라도 만들고, 절차를 거쳐 가면 어떨까요?"

서울을 떠나기 전, 여자가 내세운 조건은, 외국에서 만나되 한동안 호텔을 따로 정하자는 것이었다.

"그렇게까지 절차를 복잡하게 해야만 하겠소?"

만만찮게 낚인 대어大魚를 놓칠세라 남자는 고분고분 조심을 했으나 속으로 이를 갈았다. '도대체 이 여자는 무엇 하자는 인간이지? 무슨 이런 종자가 있어?' 그러나 그 평생 수월하게 거쳐 온 여자들과는 너무도 이색적인 이 여우를 어떻게 길들여야 하나? 남자는 마음과 몸이 한꺼번에 닳아 올랐다. 기교技巧하고는 거리가 멀던 사내는 어떻든 여자가 요구하는 대로 따라가야 한다는 전제를 마다하지 않았다.

"알았소. 먼저 도착하는 대로 호텔을 따로 잡아 두겠소."

어떠한 요구 조건도 순순히 받아들이는 남자의 태도에 그네는 오히려 맥이 빠졌다. 스스로에게 최면을 걸 듯 꽤 까다로운 조건을 던져 보아도 순조롭기만 한 것에 내심 당황해하면서 그네는 도쿄에까지 이르렀다.

집을 떠나기 위하여 짐을 쌀 때, 여자는 전투 준비를 하듯 조금은 비장하기까지 했다. '이제는 스스로 엉뚱한 모험까지 해 보겠다고? 이러다가 매춘까지 하게 되는 것 아닐까. 도대체 무엇을 만나기 위하여, 이런 방법으로 부딪치려 하는가. 도대체 누구를 찾기 위한 모험이란 말인가. 언제부터 시작된 탐색인가? 어디까지 헤매고 다녔던가? 찾으려는 대상은 무엇인가?' 김포공항을 떠난 여객기가 하네다 공항에 가까워지자, 문득 그네는 '이 비행기가 이대로 추락해버렸으면…' 간절한 생각에 빠졌었다.

"당신이 요구하는 대로 호텔을 따로 잡았소. 당신의 숙소는 아카사카 토큐에 예약이 되어 있고, 나는 그 가까운 데

있는 전통적인 일본 여관에 짐을 풀었는데, 어느 쪽으로 먼저 가겠소?"

덩치 큰 남자는 한껏 정중했다.

"내 숙소로 가겠어요."

호텔 방에는 백송이도 넘는 장미꽃 바구니가 먼저 와 있었다. 장미 향기가 그네를 공손하게 맞이했다. 남국의 과일이 잔뜩 준비된 바구니도 옆에 있었다. 여자는 벨 보이에게 팁을 주느라고 돌아서 있는 남자의 등판을 막막하게 바라보았다.

"이제 어떻게 할까?"

벨 보이가 나가자 무스탕이 조금은 애처로워하는 표정으로 물었다. 포획한 것을 바라보는 느긋한 눈이다! 여자는 속으로 이를 악물었다. 그래… 정말 어떻게 하면 좋은가? 여자는 남자의 말을 입 속에 담아 보았다. 어떻게 하지? 어떻게 하지?

"저녁 일곱 시에 데리러 오세요."

어떻게 하겠다는 예정도 없이 그네는 일단 그렇게 말을 던졌다. 시간을 보니 오후 네 시. 무스탕은 시종무관이 여왕의 지시를 받들듯 물러갔다. 남자가 말없이 물러간 뒷자리에서 그네는 우두커니 앉아서 남아 있는 세 시간을 멍청하게 건너다 보았다. 밀려, 밀려 여기까지 왔다. 누구에게 떠밀려온 것도 아닌데, 떠밀린 듯 이 자리에 이르렀다. 어떻게 한다? 여자는 굼벵이처럼 꿈틀꿈틀 움직였다. 샤워하고 옷 갈아 입고 화장을 고쳤다. 어디까지 가게 될, 목적지도 없는 길을 떠났다. 어쩌자고, 어떻게 하려고- 약속된 시간에 남자가 방으로 찾아 왔다.

"가실까요? 도쿄가 처음은 아니겠지?"

"남자를 달고 온 건 처음입니다."

"그거 괜찮은 체험이겠군!" 덩치 큰 사내의 눈이 크게 열리고 입으로는 감탄이 흘러 나왔다. "당신은 정말 아름답소. 그런데 장신구를 하나도 쓰지 않은 걸 보니 다른 여자들처럼 보석을 좋아하지 않는 모양이지? 아니면….."

"가난해서 보석이 하나도 없느냐고 묻고 싶으시겠지요?"

"그럴 리야 없겠지만."

"지금까지 보석을 사 줄만한 남자를 못 만났거든요."

"그것도… 그럴 리가 없었겠지."

"거짓말이라면?"

"보석을 받고 싶을 만큼 좋아하는 사람을 못 만났거나…. 하기야 어떤 보석이 당신을 돋보이게 하겠소?"

"답지 않을 만큼 정치적인데도 있네요. 칭찬하는 방법으로는?"

무스탕은 그네가 종알종알 말 대구를 하는 입이 참으로

고혹적이라는 생각을 하며, 행복해했다. 그래도, 저녁 시간이 되니 마음이 놓이는 모양이지. 남자는 그네를 거슬리지 않으려고 긴장했다.

*

그네는 몰래 한숨을 허겁지겁 삼켰다. 사흘 굶은 자가 음식 만나듯 그렇게 한숨을 먹고 또 먹어가며 웃음을 만들었다. 그렇게 남자를 따라나섰다. 엘리베이터로 모시는 무스탕은 시종무관, 그네는 여왕인 듯 어울렸다. 두 사람이 탄 엘리베이터는 멎는 일 없이 빠르게 내려가다가 6층인가 쯤 중간층에서 멎었다. 두 사람은 무심하게 서서 승강기 문이 열리는 것을 바라보았다. 마법의 문처럼 소리 없이 엘리베이터의 문이 열렸다. 그리고 한 남자가 안으로 들어서다 말고 앞을 턱 가로막듯 서서 눈을 휘둥그렇게 떴다. 안에 타고 있던 두 사람도 흠칫 놀랐다. 아니? 어지간히 놀란 듯 승강기 안으로 들어서던 땅딸막한 사내는 일순 입을 딱 벌렸다. 먼저 타고 내려오던 두 사람이 기겁하는 모양을 바라보며, 입을 딱 벌렸던 사내는 호탕한 웃음을 터뜨렸다. 적재적소에서 사냥감을 만난 듯 갑자기 눈을 번득였다. 뜻밖의 장소에서 만만찮은 포획물을 만난 희열만면의 사내. 한없이 달콤하던 무스탕의 시간이 박살나는 순간이었다. 무스탕과 그네는 각기 색다른 낭패감에 빠졌다. 승강기로 들어서던 대머리의 사내는 더는 참을 수 없다는 듯 소리쳤다.

"아 아니? 이게 누구시오? 아이고! 두 분이 데이트 중인 걸 나한테 들키셨구먼? 하 하아… 이건 보통 기연奇緣이 아니구먼, 그래 유 장군 오래간만입니다. 그리고 안 여사, 그렇게 서울서는 뵙기 어렵더니 여기서 만나다니 역시… 비싼 분이십니다."

방송가放送街에서 대부 노릇을 착실하게 하는 작가요 영화제작자였다. 여자와 마주칠 기회가 있을 때마다 눈을 번들거리던 작자여서 여자가 넌더리를 내던 화상 중 하나였다. 하필이면 이런 상황에서 저 작자의 눈에 뜨이다니. 이상한 조우遭遇. 그런데 저 치가 덩치 큰 남자와는 어떻게 이런 정도로 친근했던가. 땅딸보 대머리는 희떱게 서둘렀다.

"히야아! 더구나 타국에서, 아무리 큰 호텔이라지만 이렇게 엘리베이터 안에서 꼼짝없이 만나다니, 이거 보통 인연은 아니지요? 서울에서도 만나기 어려운 분들을 이렇게 만났으니 내가 저녁을 대접하기로 하지요. 가십시다. 유 장군께서도 도쿄야 당신네 안뜰만큼 좁다 하시겠지만 내가 아주 잘하는 스끼야끼 집을 알고 있습니다. 가시지요."

덩치 큰 남자는 보기보다 당찬 데는 없는 듯, 대머리의 너스레를 잘라내지 못했다. 그리고 그네의 눈치를 보아가며 다소 구차스럽게 변명 비슷하게 입을 열었다.

"안 여사가 여행 중이라는 정보를 입수하고 어렵게 저녁 데이트를 신청한 중이었소. 나는 길 건너 일본 여관에 들어 있으니 아무 때나 연락하시오"

여자와 같은 호텔에 묵고 있지 않다는 해명 겸, 그만 떨어져 나가 달라는 뜻이었으나 땅딸보는 유들유들하게 말을 받았다.

"그러실 것 없습니다. 내가 끼어들었다고 불편해 할 정도로 촌스러운 분들은 아니실테고, 안 그렇습니까? 안 여사? 그런데 말입니다. 역시 안 여사의 안목은 역시 대단하십니다. 유 장군, 아니 멤버스 클럽의 유 회장님이야말로 서울 장안에서 풍류와 멋으로 앞장선 신사 아닙니까? 카사블랑카의 험프리 보가트보다도 더 남성다운 분을 역시… 눈여겨 보신거지요? 그렇지요?"

그네는 대머리의 수다스러움을 묵살했다. 표정관리를 어떻게 해야 하는가 잠깐 짜증스러웠지만 떳떳해지기로 작정했다. 덩치 큰 남자는 떫은 표정을 감추지 않고 어쩔 수 없이 식당에까지 동행했다. 그러나 그네는 맛없는 밥을 먹으면서 문득 아, 이 대머리의 출현은 집행유예, 집행유예를 뜻한다! 속으로 감탄했다. 덩치 큰 남자에게 이행해야 할 약속이 있었지, 그 약속을 이행해야 할 오늘 밤… 그 오늘 밤에 대한 집행유예가 이렇게 온 것인가.

"자아, 이제 제가 저녁을 대접해 드렸으니 나를 무 자르듯이 잘라 버리고 두 분만 가시지는 못하겠지요? 그렇게까지 야박스러운 분들은 아니겠지요."

대머리는 작심한 듯 거머리처럼 들러붙었다. 눈치고 염치고를 차릴 생각을 아예 버린 듯 했다. 대머리가 끌다시피 이끌고 들어간 곳은 제법 품위 있는 실내 장식의 나이트클럽. 대머리는 엘리베이터에서 그 한 쌍을 만난 순간부터 재빠르게 계획한 순서가 있었던 듯, 익숙하게 제 집으로 들어서듯 나이트클럽으로 들어섰다.

"어차피 이국땅에서 데이트를 하실 요량이었던가 본데, 뭐 나 같은 들러리 하나 쯤 끼는 것이 오히려 자연스럽고 좋겠지요, 안 그렇습니까?"

대머리는 유들유들하게, 덩치 큰 남자를 제치고 여자에게 프러포즈를 한 뒤에 익숙하게 플로어로 나갔다. 여자는 대머리에게 이끌려 심드렁하게 스텝을 밟으며 생각했다. '이런 식으로 유예가 주어지다니.' 대머리는 처음부터 여자를 독차지할 작심을 한 듯 여자가 자리로 돌아갈 틈을 주지 않았다. 덩치 큰 남자로부터 여자를 빼앗았다는 승리감을 누리듯 끈

질기게 붙잡고 늘어졌다. 땅딸막한 대머리의 체구로는 날렵하달 만큼 스텝이 능숙한 그는, 하이힐을 신은 여자보다 작은 키를 돋우어가며 춤에 열중했다. 이게 웬 떡이냐? 그의 표정은 그렇게 의기양양해 하고 있었다. 집행유예의 도구道具, 어디서 날아온 집행유예의 도구인가. 하지만 기이한 이 조우야 말로 참 심드렁하네- 그네는 대머리에게 어색하게 안겨 흐느적흐느적 따라갔다. 사교춤이라는 것을 배워 본 일 없이 번번이 파트너의 손에 어색하게 잡혀본 그네, 단 한 번도 남자를 의식하거나 그 율동을 감미롭다고 느껴 본 일 없는 그네. 그네는 대머리에게 리드를 당하면서 먹구름을 삼켰다. '나는 내가 아닌 다른 사람을 영원히 품어 볼 수 없는 걸까. 정신으로뿐 아니라 몸으로도 그것이 불가능하다는 말인가? 영혼의 중증 불감증-' 대머리의 어깨 너머로 무스탕을 바라보니 사내는 술잔한테 화풀이 하듯 술을 마셔대고 있었다. 그러면… 아닌가? 여자는 대머리의 출현을 잠깐 의심했었다. 우연을 가장한 의도는 아니었을까? 혹시 덩치가 이 대머리에게 두 사람의 출현을 알려준 것은 아닐까? 소문의 풍구風口가 되어 떠들썩한 대머리를 이용하여 여자와의 염문을 세상에 퍼뜨리고 기정사실화 해 보려던 계획된 극본은 아니었을까. 그러나 저렇게 성난 코뿔소처럼 화가 머리 끝까지 올라 있는 것을 보면 그런 것이 아니었을 수도 있었겠다.

　그네에게는 절대로 용서할 수 없는 '강간強姦당한 소문' 사건이 있었다. 많은 경우에 소문도 강간을 당한다. 그것은 '강간당한 소문'이었다. 서너 살 연하의, 나름대로 이름이 알려진 방송인. 대개 라디오 프로에서 성우聲優로 돈벌이를 하던 젊은이였다. 알음알음으로 선배들에게 묻혀 그네의 집을 몇 번 찾았던 그가, 어느 날 오후 전화를 걸었다. "선생님, 저 지금 선생님 댁 앞을 지나던 길인데 배가 고프네요. 밥 주실래요?" 목소리만 부드러울 뿐, 유난히 작은 키에 얼굴이 키에 비해 큰 가분수의 그를 남자라고 생각해 본 일도 없었고, 초라하기 짝이 없는 그의 행색을 속으로 측은하게 여기던 터라, 군말 않고 그러라 했다. 그는 국내에서 유명한 영문학자요 미문美文의 수필가로 알려진 분의 맏아들이었는데, 그 아버지에게도 무슨 정신적인 병인病因이 있었는지, 큰 아들을 심하게 박해하는, 편애가 병적으로 심하여 큰 아들이 우울질 형型 인간이 되게 만든 그런 사람이었다. 그 아버지의 유명세만큼, 편애로 인한 그 아들의 초라함도 알려져, 그는 많은 사람의 동정 속에서 살다시피 했다. 그네가 별 저항 없이 가분수에게 밥 한 상을 차려 준 것은, 그런 정도에서 있을 수 있었던, 사람에 대한 여유로움이었다. 그렇게 시작된 가분수의 내왕은 이래로 두어 차례 이어졌다. 그런데 그 얼마

후, H 주간지에 스캔들 기사가 폭탄처럼 터졌다. 그네를 향한 가분수의 구애求愛를 대문짝만한 제목으로 붙인 주간지가 낙양의 지가를 올렸다. 당시 꽤 이름이 알려진 그 주간지에는, 가분수의 밥상에 반찬이 어떤 것이었는지까지 상세하게 기술되었고, 마치 연하의 가분수에게 그네가 연정을 품고 있다는 듯 온갖 각본이 그럴 듯하게 짜여져 있었다. 소문은 폭풍을 일으켰다. 날벼락이었다. 오락이라고는 별로 없던 세상에서 입방아 찧을 먹이거리가 생겼고 사람들은 일삼아 들끓었다. 세상에 이럴 수가! 어떻게 이런 일이! 밥상 위의 반찬까지 낱낱이 밝혀졌다면, 가분수 당사자가 건네준 소스가 아니었겠는가. 배신 중에 이런 배신도 있었던가. 주간지 양면兩面 기사는 연이어 발행되었다. 그네는 몸져누워, 주간지 본사 신문사 기자인 친구를 불러 내용을 상세하게 밝혔다. 가분수가 달려와서 무릎 꿇고 울며 사죄를 한 것은 사흘 후. "죽을죄를 지었습니다. 그 주간지 편집장이 고등학교 선배였는데, 제가 너무도 고통스러운 심정을 하소연한 것뿐인데… 그렇게 기사로 떡칠을 할 줄은 정말 몰랐습니다. 내가 그 형한테 울면서 달려드니까, 하는 소리가, '야 임마, 이렇게 떠들썩하게 끌고 가면 기정사실이 되는 거야. 너 위해서 한 일인데 뭐 그리 야단이야? 두고 보아, 어쩔 수 없이 그렇게 될 테니! 바보온달 이야기가 따로 있냐? 두고두고 입살에 올리다가 공주가 바보온달 색시가 되지 않던? 그러면서 의기양양인 거에요. 차라리 내가 죽고 싶어요. 용서해 주세요." 그러나, 용서의 여부도 없이, 그 주간지는 제2탄 제3탄을 연이어 터트렸다. 정신적 강간이었다. 머리에 든 것 없는 대중에게, 그 소문은 씹어도, 씹어도 단맛이 우러나는 화제로 주간지의 돈이 되었다. 그리고 엉뚱하게 깊은 상처를 안겨 준 가분수는 얼마 만에 캐나다로 달아났다. 가분수의 성姓이 껍데기 피가皮家였는데, 그 껍데기는, 자신도 심하게 찢어져, 국내에서는 그 상처를 아물게 할 길이 없어, 힘껏 멀리 멀리 달아나고 말았다. 자빠져도 코가 깨지는 인생이라는 것이 이런 것이던가. 그네는 내심, 얼마를 더 깨지고 부서지면 끝날 것인지를 시험하기 위하여 자신을 시험대에 올려놓듯, 대머리에게 안겨 어색하기 짝이 없는 스텝을 밟으며 그 쓰디쓴 사건을 되짚어 보았다.

밤새도록 여자를 놓지 않고 붙잡고 있겠다는 각오를 했던 대머리도 오줌만은 더 참을 수 없었는지, 그렇게 단단히 붙잡고 있던 여자를 밀쳐내듯 하고 변소를 향해 달려갔다. 술잔을 들고 대머리의 행태만을 노려보던 무스탕이 이 때다 싶었는지, 회리바람처럼 달려들어, 솔개가 병아리를 낚아채듯 여자를 잡아끌고 나이트클럽을 떠났다.

"갑시다! 빨리 나서요!"

여자를 끌고 달리다시피 하면서 덩치는 씨근거리고 물었다.
"저자가 언제부터 당신한테 저렇게 끈질기게 굴었소?"
"화제에 올릴 일도 아니네요."
"오늘 저녁을 망쳤는걸."
무스탕은 투우장에서 상처 입은 투우처럼 쉭쉭 숨소리를 거칠게 뿜어대며 화를 냈다. 그리고 내친 김에 자기가 묵고 있는 일본 여관 앞에 차를 댔다. 돈푼깨나 가진 자가 아니면 들지 못할, 이름 있는 옛날 여관은 사람의 숨소리도 들리지 않을 만큼 고적하고 조용했다. 그네는 미적거리지 않았다. 약속은 약속이지. 남자는 기다리고 기다리던 정사情事를 어떻게 누려야 할는지 숨이 막힐 만큼 조심스러워했다. 남자의 조심스러운 숨소리는 숨 막히는 늪이었다. 그네는 자신을 향하여 몰래 진저리를 쳤다. 자신을 용서할 수가 없었다. 자신을 용서하느니 차라리 죽어버리는 것이 나을 것 같았다. 차라리 창녀가 깔끔하겠다. 신나게 바람을 피울 줄 아는 여자들이 있었다고? 어떻게 하면 신이 날 수 있는 거니? 여자는 더 이상 꾸물거리거나 비겁하게 굴지 않기로 작심했다. 삶이 무료하고, 단 한 사람을 만나게 될 승부에 자신이 없어지자, 엉뚱한 사람을 농락하는 죄가 어떤 것인지 체험해 보겠다는 오기였을까? 하지만, 그것이 오기였던, 기만이었던, 약속은 약속이다. 구두 계약도 계약이다. 그네는 천천히 옷을 벗었다. 남자는 첫 경험 앞에 허둥지둥 하는 나이 어린 신랑처럼 떨었고, 무엇을 어떻게 해야 할는지 다시 당황해하는 소년처럼 어쩔 줄 몰라 했다. 신방에 든 어린 신랑. 여자는 어이가 없었다. 그러나 남자의 열광이 뜨거우면 뜨거울수록 여자의 몸은 얼음덩이처럼 차갑게 식어갔다. 남자는 여자의 식은 몸에서 물러났다. 그리고 버림받은 듯, 벗은 몸을 처치 곤란해 하며 벌렁 누웠다. 옷을 걸치지 않은 남자의 커다란 맨 몸이 민망했다. 남자가 탄식하듯 입을 열었다.

"어어? 이거 무슨 낭패인가? 지금까지 나는 당신에게 어떻게 하면 마음에 들 수 있을까 조바심치면서 가로 뛰고 세로 뛰었지. 당신이 그렇게 하기를 원한다면, 지금까지 살아 왔던 모든 것을 버리라면 아낌없이 버릴 각오까지 했소. 그런데, 나를 너무 무참하게 만들고 있는 당신…." 남자는 숨을 죽이고 있는 여자를 어루만지며 말을 이었다. "허! 바람을 피우겠다던 당신의 호기롭던 약속이 틀리잖소? 당차게, 바람을 피운다는 조건으로 이 먼 곳까지 왔으면 본때 있게 바람을 피워 봐야지! 안 그런가?"

그네는 이불자락에다 얼굴을 묻고 죽은 듯이 엎드려 있었다. 천 길 낭떠러지, 천 길 낭떠러지에 꼬나 박힌 것처럼!

"이거 봐, 곧 익숙해질 거요. 결벽증이 심하군. 괜찮아, 그것도 여자의 매력일 수 있어, 괜찮아 곧 익숙해질 거야"

"미안해요. 정말 미안합니다."

여자는 도둑질 하다가 들킨 도둑처럼 난감했다. 주섬주섬 옷을 입으며 얼굴을 돌렸다.

"어디로 가려고?"

"호텔로 돌아가겠어요."

"여기서 묵으면 안 되겠소?"

"혼자 걷고 싶어요. 호텔이 여기서 멀지 않은 걸 알아요."

"위험하오. 이 거리, 번화가의 깡패들은 외국 여자를 단번에 알아보거든."

덩치 큰 남자는 부득부득 갈리는 어금니를 악문 표정으로 일어나 옷을 입었다. 그네는 무작정 걸었다. 길을 건너고 꺾어져 걷고 휘돌아 걸었다. 그네의 몸은 출렁거리는 눈물이었다. 흐르는 눈물을 길에 뿌렸다. 슬픔이 아니었다. 두려움도 아니었다. 부끄러움도 없었다. 몸의 물기를 그렇게 빼어야 할 일이 있는 듯 그렇게 그냥 눈물이 흘렀다. 이국의 낯선 길에 뿌리는 눈물… 이 눈물을 어디에 뿌리고 이 눈물이 무슨 싹을 틔워 줄는지… 여자는 울고, 울고 또 울며 하염없이 길을 걸었고, 남자는 죄인처럼 여자를 따라서 정처 없이 걸었다. 무스탕은 악몽 속을 걸었다. 어떻게 하다가 이 지경에 이르렀는가? 여자를 만나던 첫 날, 이미 넋이 나간 것 아니었던가. 무엇에 끌렸을까? 목덜미를 서늘하게 만들던 차가움? 얼음장 속으로 흐르던 물살? 어지러웠다. 묵묵하게 따라 걷던 남자가 스탠드 바 앞에서 발길을 멈추고 여자를 밀어 넣었다. 그네는 말없이 떠밀려 들어갔다. 한동안 말없이 술잔만 비우던 남자가 부리부리한 눈길로 그네를 사로잡았다.

"당신… 자살을 꿈꾸고 있던 사람 아니오? 그런 상황에서 이 길로 뛰어든 것 아니오?"

그네는 흠칫했다. 막다른 골목에서 덜미를 잡힌 듯. 그네는 숨을 죽이고 고개를 숙였다.

"자살… 자살할 용기도 없이… 비겁한 내기를 스스로에게 걸었어요. 용서를 구할 수도 없는 일을 저질렀습니다…."

그네는 진심으로 사죄의 뜻을 담아 고개를 숙였다. 남자의 눈에 문득 물기가 어리다가, 어이없어 하는 얼굴로 허청 웃었다.

"그러면 이제부터 어떻게 할 작정이오? 이 기만작전에 피해를 입은 사람의 요구를 들어 주겠소?"

"무슨 벌이라도…."

"나는 이대로 당신과 헤어질 수가 없소. 고스란히 돌려보낼 수가 없다는 말이오."

"감히… 지금 돌아가겠다고는 못합니다."

"어떻든 오늘 하루 더 지나봅시다."

무스탕은 선선했다. 그리고 한숨을 쉬면서 말했다.

"어떤가? 독주 한번 마셔보겠소?"

"수치심도, 죄책감도 녹여주는 술이 있다면-"

"나하고 어울린 것이 수치스럽소?"

그네는 당황해서 자기도 모르게 소리쳤다.

"아닙니다, 아니에요! 남의 비난을 무서워 해 본 일은 없어요! 나 자신에게 죽도록 부끄러워서… 이런 것일 줄 몰랐거든요."

"알았소! 독한 술로 전신을 채우면 수치심이 얼마간 씻겨질 것이오."

남자는 그네를 모욕하듯 싸구려 버번을 병째 시켰다. 그 술이 남자의 고급스러운 취향이 아니라는 것을 그네는 알았고, 그래서 보란 듯이, 눈썹 한 올 깜짝 않고 대작했다. 술병이 반쯤 밖에 남지 않았을 때, 남자는 안 되겠다 싶었는지 자리에서 일어났다. 그네는 눈에다 힘을 모으고 정신을 바짝 차렸다. 일본 땅, 2월의 겨울밤이 희부옇게 벗겨지고 있었다. 서로 아무 말도 하지 않았다. 술집을 나서면서 여자는 택시를 잡았고, 남자는 따라서 탔다. 그리고 여자의 호텔 방에까지 함께 올라갔다. 그네의 호텔 방 앞에서 남자는 노여움이 가득한 눈으로 여자를 노려보다가 한숨을 끄며 돌아섰다.

"이 새벽에, 당신의 술 실력이 대단하다는 것을 알았으니 소득이오. 아니 술 실력이 아니고, 당신 가슴에 얼마만한 독성이 도사리고 있는지를 안 것이오. 더운 물로 몸을 녹이고 한 숨 자 두지. 점심 때 데리러 올 테니까."

남자가 돌아간 후, 그네는 두꺼운 커튼으로 아침빛을 가리고 침대에 엎어졌다. 자살… 자살의 충동을 처음 느낀 것은 언제였을까. 저 엉성해 보이던 덩치 큰 남자는 나에게서 어떻게 자살의 냄새를 맡았을까. 나는 자살을 생존의 막바지 조건처럼 껴안고 살아왔다. 시신을 남기지 않고 사라지는 방법을 얼마나 깊이 연구해 왔던가. 한 사내와 정을 붙이고, 울며불며 매달려 살아가는 여자가 될 수는 없을까. 왜 나는 그것이 불가능한가. 어느 땅에, 그런 나라가 있다면 땅끝이라도 찾아가리라.

무스탕 앞에서 그렇게 독한 술을 꼬박 꼬박 대작을 하고도, 호텔에 이르기까지 말짱할 수 있었던 그네는 침대에 엎어진 뒤에 까무룩 정신을 잃었다. 그리고 '이제 어디로 갈 것인가. 어디로 가야 하는가, 더 아득한 곳으로 떠나고 싶다.' 몸부림쳤다. '어디에 땅 끝이 있을까. 이제는… 나를 가두고 있는 이 두꺼운 성벽城壁을 두드려 깨뜨려 줄 누구인가를 만날 때도 되지 않았을까. 성벽을 깨어 무너뜨릴 수만 있다면… 누구라도 좋으니까 이 성벽을 무너뜨려 줄 사람이 있는 곳으로 가자. 그러나 아무도 나를 알아보지 못할 사람들이 살고 있는 곳. 그러나 사람의 향기가 있는 곳으로 가고 싶다' 아! 홋카이도[北海島]. 홋카이도가 있다. 이 일본 땅의 북쪽 끝. 아이누 족이 살고 있다는 곳. 아이누! 아이누! 아이누를 만날 수 있을까. 원시原始를 숨 쉬고 있다는 그들. 먹고 마시고, 껴안고 뒹굴어도 죄의식 없이 나날을 즐겁게 살아가는 원시의 그들. 꾸밈도 없고 갈망도 없는, 영혼의 배고픔이 없는 그들을 찾아 낼 수 있을까.

*

그네를 호텔 방에 모셔두고 물러난 무스탕은, 24시간 영업을 하는 술집을 다시 찾아갔다. 술집 창문으로 어스름 새벽이 스며드는 것을 바라보며 그는 갑자기 허무감에 빠졌다. 낯선 나라 수렁에 빠진 것 같기도 했다. 농락을 당했다? 그는 몸을 떨었다. 그건 아니다! 그건 아니다! 그런데 그 야멸찬 여자에게 무슨 눈물이 그렇게 깊게 고여 있었던 것일까? 슬픔이라면, 그네의 슬픔은 무엇에서 비롯된 것일까. 도대체 무엇을 그리 슬퍼하는 것일까? 실연을 당한 것일까? 어떤 놈이 저런 여자에게 눈물을 흘리게 만들어? 저토록 당찬 여자가 남자 때문에 울어? 약속은 바람 한번 멋지게 피워 본다던 것이었는데, 그것이 안 되었으니, 배상을 무엇으로 받아야 하나? 돌려보내? 그럴 수는 없다. 그럴 수는… 아침 해가 떠오르자 무스탕은 여관으로 돌아갔다. 여관으로 돌아온 무스탕은 아침상을 주문했다. 그네에게 먹이기 위해서 주문했던 버번이 반병 남짓 남았다. 여관에서는 주문 받은 아침상을 얌전하게 차려왔다. 자정에 들어와 흐트러트렸던 이부자리는 말끔하게 정돈되어 있었다. 여관집 여자는 깎은 듯 단정한 매무새로 아침상을 차려왔다. 장지문 앞에서 무릎을 꿇고 납작 엎드려 절한 다음에, 상을 받쳐 무릎걸음으로 방 안으로 들어온 여자는 다시 나붓이 절을 하고, 상을 남자 앞에 놓고 다시 무릎걸음으로 뒷걸음질 쳐서 방 밖으로 나갔다. 남자는 얼음도 없이, 누구에게인가 화풀이 하듯 남아 있는 버번을 벌컥 벌컥 마셔댔다. 갈수록 미칠 것 같다. 어쩌다가, 어쩌다가…. 여자, 여자, 인류의 반은 여자이건만, 어쩌다가 저 암컷을 만났을까. 내 삶에 무슨 동티가 난 것일까. 한 여자 때문에 남자가 이 꼴이 돼? 무어가 무언지 뒤죽박죽이네! 어쩌다가 이런 덫에 걸렸는가. 무슨 마법에 걸린 것처럼 꼼짝 못하게 묶인 이 상황을 무엇으로 풀 수 있을까.

점심 때 호텔로 데리러 간다 했는데 도대체 어떤 얼굴로 맞이하러 가야 한다는 말인가? 무스탕은 점심때가 다 되도록 술만 마셔댔다. 여자 앞에서 이렇도록 어색해 본 일이 없었건만. 도대체 어떻게 운신을 해야 할는지… 용기와 지략이 필요하다니-

무스탕은 취기를 빌렸다. 그리고 점심 때 그네의 호텔 방으로 찾아 갔을 때, 아무 일도 없었던 것처럼 호방하게 웃었다. 그네는 조신하게 외출 준비를 끝내고 기다리고 있었다. 감히 지금 돌아가겠다고는 할 수 없다. 약속을 위반한 것은 자기 쪽이다. 비겁하게, 이런 상태로 돌아가겠다고 하지는 않겠다. 농락이라도 끝을 보아야 한다. 기만당한 남자가 무슨 보복을 하더라고 받아야 한다는 각오가 섰다. 무스탕이 웃으면서 물었다.

"당신답지 않은데? 죄인처럼 맥을 놓았는가? 사람이 달라져도 어떻게 잠깐 사이에 이리 되는가? 그러지 말고 다시 시작해 볼 생각 없소?"

그네는 아득하게 먼 곳을 바라보는 눈으로 운을 뗐다.

"홋카이도가 어떨까요?"

"홋카이도? 갑자기 웬 홋카이도? 홋카이도에 가고 싶은가? 마침 동계올림픽이 열리고 있지."

남자는 많은 것을 가까스로 억제한 표정으로 물었지만,

더는 따져 묻는 일 없이 삿포로 행 항공권을 선선하게 예약했다. 지금까지 상냥함이라는 것이 어떤 것인지 구경조차 해본 일 없는 것 같은 무스탕은 비위가 상하는 것을 가까스로 참고 있는 것이 역력했다. 어디, 네가 어디까지 나를 끌고 가는가, 거기가 지옥이라도 따라가마! 하는 표정으로. 그네는 너무도 선선한 남자의 행동에 주눅이 들었다. 설마, 그렇게 쉽사리 동의해 주리라고는 예상치 못했다.

두 사람은 각기 자기의 숙소에서 짐을 챙겨 일본 국내 공항에서 만났다. 그네는 여전히 무스탕이 낯설었고, 무스탕은 그 사람대로 여자의 행색에 신경이 곤두섰다. 공항에서 만난 여자는 어제의 눈물은 악몽이었던 듯 신선했다. 삿포로 행 여객기에 올라, 여객기 창으로 밖을 바라보며 황야의 늑대는 처량하게 중얼거렸다.

"당신 눈물의 진원지가 어디인지 궁금하군. 혹시 누구를 가슴에 품고 우는 거요? 실연을 당했을 리는 없을 테고… 어디로 가면 당신의 눈물이 마를까, 홋카이도를 제안한 사람이 당신이니 홋카이도에 가서는 딴 말 하기 없기요!"

무스탕은 평생을 헛살아 온 것처럼, 여자 앞에서 모든 일이 서툴렀다. 어쩌다가 이런 상전을 만났을까. 도대체 이 여자를 어디까지 끌고 다녀야 하는가. 아니 어디까지 끌려 다녀야 하는가. 무스탕은 그네 앞에서, 지금까지 갱도를 찾지 못한 광산주鑛山主처럼 막막해 했다. '이것인가!' '이제야 바로 만난 것인가' 싶었는데 흥분한 자신이 스스로에게 창피할 만큼 여자는 냉담하지 않은가. 도대체 이 여자를 가두어 두고 있는 것은 무엇인가. 이 여자는 무엇에 묶여 있는 것일까. 무엇을 찾아 나선 것일까. 탐색의 기간이 있었어야 했는가. 어지간히 나잇살이나 먹은 남녀가 생각 없이 불장난처럼 서둘렀는가. 아아, 탐색 아니라 무슨 짓을 해도 이 여자의 내심을 바로 읽어 낼 재간이 없겠다. 남자는 난생 처음으로 여자에 대해서 자신이 없어졌다. '여자라는 동물을 나만큼 아는 자가 없다고 자부했는데… 그 오만이 벌을 받고 있는 것이다'

*

덩치 큰 남자에게는 그네의 모든 것이 신기했다. 어여뻐라! 어여뻐라! 사랑스럽지 않는 데가 없었다. 묘하게 빚어진 여체였다. 작지만 단단한 그네의 손에는 남다른 표정이 있었다. 근면하고 부지런한 손이었지만 손톱은 작은 분홍 조개처럼 앙증맞고 예뻤다. 그리고 그 작고 말랑말랑한 발은… 조물주 솜씨 기막히네! 사람의 발이 이렇게 오묘할 수 있는가. 깨물고 싶을 만큼 사랑스러웠다. 어떤 조각가가 빚으면 그렇게 예쁜 발을 만들어 내겠는가. 손 안에 들지 않는가. 귓불은 또 얼마나 도톰하고 실한가. 입술도 코도 눈도 눈썹까지도 신묘하게 빚어지지 않았는가. 그런데… 그런데… 그 가슴은 어찌하여 얼음 밭인가. 그 마음은 왜 황야인가. 이상한 여자도 다 본다. 왜 남자에게 안기는 것을 수치로 알고 있을까. 왜 무슨 앙심을 품었기에 그 몸은 저리도 차갑고 단단하게 잠겨 있는가. 그래도, 그래도… 정성을 다하다 보면 달라질 수도 있겠지- 남자는 더러 숨통이 막혔지만 그것을 참아야 할 만한 가치가 충분히 있다고 판단했고, 그 판단이 잘못되지 않을 것이라고 믿었다.

*

시라오이에서 밤기차를 타고 삿포로로 돌아온 두 사람. 그렇게 아득한 길을 평행선상에서 함께 걸어왔다. 그러나 시간과 공간을 아무리 짜 맞추어 보아도 두 사람은 서로를 알아 볼 수 없었다. 아이누를 찾아서 허위허위 홋카이도를 헤매고 다닌 며칠이 허망했다. 상대방의 얼굴을 바라보고 싶지 않을 만큼 피차가 지친 끝에 도착한 곳, 삿포로 시내의 스페인 주장酒場.

삿포로 기차역에서 술집으로 들어설 때까지 남자는 만사를 모두 포기한 사람처럼 맥 빠져 있었다. 간접조명 속에서 졸고 있는 술집 내부. 아늑하고 따뜻했다. 자리를 잡고 앉았어도 두 사람은 서로 눈길조차 건네지 않았다. 휴전休戰이 아닌, 쌍방 모두 패전자였다. 적당하게 따뜻한 실내의 공기는 얼어붙은 그들의 마음을 녹여 주려는 듯 아늑했으나 그들은 각자 여전히 춥고 또 추웠다. 적당한 조도照度의 술집 불빛은 그 실내에 있는 사람들 모두가 꿈속의 사람처럼 만들었다. 지칠 대로 지친 가운데, 분노의 심지를 안고 깨어 있는 사람은 그들 두 사람 뿐. 다른 사람들은 세상에 근심도 걱정도 없는 사람들처럼 평화로워 보였다.

"우리는 왜 저 사람들처럼 편안하지 못해? 왜 그래야 해나? 홋카이도를 요청한 것은 당신이었어. 그런데…." 남자는 갑자기 생각이 난 듯, 그리고 생각할수록 분심이 치미는 듯 으르렁거리기 시작했다. "세상은 살 만하지 않아? 저 사람들한테 사는 법을 배워! 아이눈지 개 뼉따귄지만 찾지 말고. 살맛 나는 일을 배우라고! 도대체 당신은 무슨 병에 걸린 거야?"

대답이 없는 그네에게 질린 듯, 사내는 다시 술을 퍼 마셨다. 죽기를 각오한 사람처럼 술을 계속 들이켰다. 그리고 그 술은 전부가 증오가 되어 그의 커다란 눈으로 쏟아지기 시작했다.

"사기꾼!" 덩치 큰 남자는 증오의 화산이 되어 있었다. "넌 나를 끝끝내 기만했어! 바람을 피운다고? 국내에서는 안 된다고?"

그네는 귀머거리였다. 할 말이 없었다. 남자는 여자를 자기의 두 눈으로 뭉개고 부숴보려는 듯 이글이글 노려보며 소리쳤다.

"너는 바람도 피울 줄 모르는 여자였잖아? 바람이 무언지도 모르면서! 바람이라고? 바람이라고?"

"그래요. 나도, 내가 이렇게까지 나쁜 여잔 줄 몰랐어요. 이렇게까지 시시한 여잔 줄 몰랐어요. 하지만 고의적인 사기는 아니었어요."

"어떻게 하겠어?"

"내일 떠나겠어요."

"내일이라고?"

"양해해 주신다면."

"그렇게 떠난 뒤엔?"

"각자가 자기 지우개를 찾아야 하겠지요."

"당당하군. 그렇게 간단히, 그리고 그렇게 쉽게 지워진다고 믿나?"

"사람들은 이보다 더한 것도 지워 가며 살아요."

"거짓말이다. 단 한 가지도 지워진 것은 없었을 걸? 당신이라는 여자야말로 그 지우는 작업이 절대로 안 되었기 때문에 여자로 살지 못하고 있을 거요." 남자는 차오르는 숨을 처치하지 못하고 씨근거리면서 말을 이었다. "이거 봐, 당신은 당신 자신이 감옥이야. 스스로를 꽁꽁 묶어서 가두어 두고 있는 거야. 절대로 밖으로 나오고 싶지 않은 죄수지! 나오기만 하면 자신이 아닌 다른 무엇에 묶여서 갇히게 될 것을 겁내고 있는 비겁한 죄수야!"

그네는 갑자기 심장을 칼로 찔린 것 같은 통증에 몸을 비틀었다. 별로 대단찮게 여겨 야합했던 이 사람은 누구인가? 어떻게 이런 무서운 눈으로 나를 꿰뚫었는가? 남자는 그러한 여자를 다시 집어 삼킬 듯 노려보며 독설을 퍼부었다.

"아이누? 아이누는 실재하지 않아! 네가 그렇게도 목마르게 찾으려는 아이누는 실재하지 않는단 말이야! 너 자신도 아이누가 실재하지 않는다는 것을 처음부터 알고 있었고. 너 자신이 만든 감옥에서 나오지 않으려고 설정한 방패막이였어! 안 그래? 왜? 내가 너를 가둘 것 같은가? 네가 나에게 갇히게 될 것 같았어? 그래서 무서웠나?" 남자는 지금까지 참고 참으면서 가두어 두었던 말을 쏟아내려는 듯 다시 말을 이었다. "하늘이, 나를 벌하는 채찍으로 너를 쓰고 있다면, 당신이라는 여자는 무슨 저주를 받았을까? 그렇게 뜨거운 몸을 지니고 있으면서, 얼음 덩어리로 살아야 하는 저주는 어디서 비롯된 건가? 그래? 빈껍데기 낭만 같은 것도 용서가 안 되는가?"

그네는 신음을 들키지 않으려고 술잔에 남아있는 술을 단숨에 들이켰다. 페치카의 통나무는 아우성치며 타오르고 있었다. 세상에는 저렇게 타오르는 불길도 있구나…. 낭만? 로맨스? 에로스? 도대체 이 세상의 정욕情慾은 어디로 숨었는가? 여자는 숨을 들이켰다. 그네는 남자의 눈이 두려웠다. 어떻게 읽었을까. 지금까지 그 누구도 읽어내지 못한 음모를 이 남자는 어떻게 그 암호를 풀었을까. 남자는 당황해 하고 있는 여자를 한 입에 삼킬 듯이 숨을 몰았다.

"이건… 희극이 아니면 피차에게 비참만을 안겨주는 패전일 뿐이오! 여자를 쉽게 알았던 나의 평생은 이렇게 뭉쳐져서, 당신 같은 여자에게 한꺼번에 벌을 받는 거지… 그렇지… 당신 탓이 아닌 거야…."

남자의 분심은 그렇게 허무의 늪에 빠지고 말았다. 그 큰 눈에 눈물이 가득 고였다. 죽이고 싶었던 증오도 허무 앞에 숨이 꺾인 듯, 무스탕은 눈을 감았다.

"가지!"

무슨 결심을 했는지 남자가 결연하게 자리를 박차고 일어났다. 밖은 다시 눈 천지였다. 하늘이 눈 뭉치가 되어 무너져 내리듯 눈이 쏟아지고 있었다. 남자는 눈 속을 헤엄치듯 걸으며 말했다.

"너는 저주받은 여자다! 그리고 신神은 너를 채찍 삼아서 나를 때리고 있어. 나는 여자를 쉽게 얻었고 또 쉽게 버렸거든. 내게 벌이 내리고 있는 거지. 지독한 벌이야, 그래 사람이 아무 일이나 저지르고 거저 넘어가는 일은 없겠지. 당신은 신神의 손에 들린 채찍이거든 나를 흠씬 때리기 위한-" 시간이 얼어붙은 밤, 눈 천지 속에 갇혀 그네는 말을 잃었다. 남자는 얼어붙은 듯 서 있는 여자를 향하여 다시 일갈했다.
"너야 말로 알라스카의 눈밭에서 칼끝에 꽂혀 있는 얼음덩이 고기를 죽을 때까지 핥는 늑대라는 걸 모르나? 너야 말로 자기 피를 계속 핥으며 죽어가는 늑대라는 걸 모르겠어?"

남자의 저주는 그네의 전신을 난자했다. 여자는 뒷걸음질 쳐가며 남자에게 거리를 두었다.

"왜? 이제는 무서운 것이 무언지 알 것 같은가? 그래서 달아나려는가? 나는 너를 잡아먹지 못해! 너를 잡아먹는 것은 너 자신이지!"

늦은 밤 시가지는 눈의 너울을 쓴 정령精靈이 되어 엎드려 있었다. 길이 없었다. 걷고 걸어도 발자국 하나 남지 않았다. 두 사람은 결투 장소를 찾아가는 사람들처럼 그렇게 눈 속을 걸었다. 그들이 약속이나 한 듯 동시에 발길을 멈춘 자리는 시가지 한옆으로 흐르는 제법 넓은 개울의 다리 위였다.

천지가 하얗게 뒤덮인 세상에서 오직 한줄기 검은 빛으로 출렁거리며 흐르고 있는 작은 강을 닮은 개울. 물기 머금은 무거운 함박눈이 검게 흐르는 강물 위로 투신-. 하늘이 젖은 눈이 되어 강물로 투신- 그 물살 가득히 검은 빛으로 멍울멍울 흘러가는 것이 있었다. 꿈틀꿈틀 몸을 뒤채며 내닫는 물살 위로 눈이 송이송이 뭉친 젖은 꽃잎 되어 흘렀다. 한恨에 절은 어두운 꽃잎으로. 하늘을 허물어 내린 멍든 꽃잎 되어 흐르고 있었다.

남자가 갑자기 사납게 그네를 끌어안았다.

"그런데도 나는 너를 가지고 싶다. 네가 나를 알아보기를 바란다! 나를 품어주기를 바란다! 보자! 우리 서로서로 미워하기 내기하며 함께 살면 안 되겠니? 그렇게라도 하면서 함께 살면 안 되겠니?"

여자는 몽롱한 취기 중에 천지를 뒤덮고 있는 젖은 눈송이가 한꺼번에 눈물이 되어 쏟아지는 것을 보았다. 그 눈물이 강물 위에 떠서 유빙流氷이 되어 흐르는 것을 보았다. 녹지 않는 눈물이 강물에 빠져 멍울이 되어 몸부림치며 흘러갔다. 그네는 미미하게 웃었다. 웃음은 칼이 되어 스스로의 가슴을 찔렀다.

"미워하기 내기하며 살자고 했어요? 황야의 늙어가는 늑대 한 마리는 외로움에 익숙해지기 힘들어하고, 어쩌다가 마주친 암 늑대는 너무 약아빠져서 늙은 늑대한테 먹이를 나누어 주려고 하지 않거든요. 늙은 늑대의 대뇌가 퇴화되기 시작한 걸 암 늑대가 알아 차렸다고요. 암 늑대는 대뇌를 발달시키기 위해 계속해서 아이누를 찾아다닐 건데요. 아시겠어요?"

사내는 두 팔로 여자를 안고 쥐어짜듯 흔들었다.

"네가 찾는 아이누는 이 세상엔 없다고 하지 않았어? 너도 알고 있잖아? 너는 세상에 없는 아이누를 찾겠다고 고집하고 있는 거지! 아니! 아니다! 정작 네가 찾고 있는 것은 사람이 아닌지도 모르겠다!"

"없는 걸 찾는 것… 미친 짓이지만 재미있잖아요?"

"너의 고집은 이 세상의 조화調和와 질서秩序를 파괴하고 있는 거야. 그건 죄악이다. 신이 남자와 여자를 따로 만든 것을 보면 서로 어울려 조화를 이루라는 뜻을 심어 주지 않았을까? 당신이라는 여자는 그 이치를 배반하고 있는 거다!"

"저주가 어디서 시작되었는지 모르지만, 죄는 내 존재의 기반인 걸요. 자기 확인을 위해서 죄보다 더 확실한 것이 없지요. 내가 얼마나 못된 여자인가를 확인하기 위해서 이 여행을 결심했는지도 모르지요."

"누구를 농락하고 있나? 네가 나를 벌하기 위한 채찍의 역할을 하고 있다면, 머지않아 이러한 너를 벌하기 위한 쓰라린 채찍이 너에게도 나타나겠지, 네가 '한 번의 바람'이라는 계약을 이렇게 무참하게 파기하고 떠난 뒤에라도 나는 너를 벌하는 채찍을 알아보고 말겠다! 무엇으로도 녹일 수 없는 얼음산을 산산조각 내고 마는 채찍이 나타나겠지!"

남자는 여자를 풀어 놓고, 두 팔을 무겁게 내리고 서서 멍울져 흐르는 강물을 굽어보았다. 그리고 나직하게 중얼거렸다.

"내게는 당신에 대한 생각을 지울 수 있는 지우개가 없소. 처음부터 그 사실을 알고 있었으면서, 바람을 피우자고 제의해온 당신에게 동의를 했던 것은, 그래도… 그렇게 어울리다 보면 당신을 품을 수 있는 무엇을 잡을 수 있을 줄 알았소. 크나큰 착오였지. 용서하시오. 적당히 구슬리면 늙어가는 늑대를 떠안길 수도 있으리라고 생각했던 건 너무 큰 오판이었소."

물살은 성엣장을 띄우고 급하게 넘실거렸다. 무수한 눈발이 강물에 몸을 던지고 있었으나 강물은 조금도 머뭇거리지 않고 성엣장을 멍울멍울 안은 채 흘러가고 있었다.

*

　자정이 지나서야 그들은 온천장 여관에 도착했다. 술이 엉망으로 취했으나 남자는 더 이상 시비를 걸지 않았다. 그리고 엄격한 상전을 모신 시종처럼 절도節度 있는 몸가짐으로 잠자리에 들었다. 거리에서 택시를 만나 여관으로 돌아오는 동안 그들은 두 사람 모두 벙어리였다.
　그네는 자신이 저지른 일이 얼마나 심각한 상황인가에 몸을 떨었다. 그것은 치유 할 방법이 없는 새로운 병명病名, 불치의 병처럼 낙인 찍혀졌다. 불치의 병 같은 사건 앞에서 여자는 자신의 정체를 알아보았다. 보상補償이 불가능한, 무엇으로도 그 값을 치룰 수 없는 죄의 실상을 보았다. 새로운 절망이었다.
　원인이 어디에 있었을까. 이 죄의 근원지는 어디인가. 이 절망의 장벽은 언제 무너질 것인가. 자아自我라는 감옥. 감옥은 자유를 갈망하는 영토였다. 감옥 안에서 비밀하게 누리는 자유가 있었다. 침해당하지 않는 비밀한 자유. 누구도 함부로 손을 내어 밀 수 없는 영역領域. 감옥 안에서 음험한 자유를 누려온, 괴물 같은 인간. 애당초 누구와도 어울릴 수 없는 괴물이었다. 여자는 서서히 드러나는 끔찍한 실체와 마주쳤다.

여자는 숨소리를 죽이고 뒤척이다 잠들었다.

꿈속에서 그는 아이누를 만났다. 아니 아이누들이 여자를 철통같이 에워싸고 다가왔다. 천진무구, 평화스러운 얼굴들이었지만 그들은 점점 두꺼운 벽이 되어 여자를 조이며 다가왔다. 그들은 일제히 웃으면서 노래하듯 말했다. "네가 아이누야! 너는 아이누야! 너는 우리하고 같은 아이누지! 네 어미는 아이누였어!" 그러나 그는 숨통이 막히면서 자신의 몸이 삭정이처럼 말라가는 것을 보았다. 아이누가 아니라 쏘시개처럼 말라버린 것을 보았다. "아니에요! 아니에요! 나는 아이누가 아니에요!" 소리치다가 소스라쳐 눈을 떴으나 방 안은 여전히 캄캄했다. 그리고 다시 잠이 들자 이번에는 물통을 들고 물을 길러가고 있다. 해가 찢어지도록 밝은 한낮, 정수리로 내리 꽂히는 햇볕은 살갗을 찢을 듯 뜨거웠다. 사방은 눈부신 적요寂寥. 인간 세상이 아닌 듯, 인적이 없다. 그 찢어지는 햇빛 속에서, 그네는 혹시 누구 사람에게 들킬세라 사방을 두리번거리고 있었다. 그늘 한 점 없는 길은 갑자기 치욕이 되어 그네를 발가벗겼다. 숨을 수 있는 곳은 우물뿐이었다. 헐떡거려가며 우물 가로 다가가자 그때까지 아무도 없던 우물가에 한 사람이 나타났다. 이상하게 얼굴이 보이지 않는다. 발등까지 내려온 무명 옷자락만 보인다. 그네는 물동이를 들고 등을 돌려 달아나기 시작했다. 그런데 달리고 달려도 한 발자국도 앞으로 내달을 수가 없다. 숨이 턱에 차서 뒤를 돌아다보니 무명옷을 입고 있던 그 사람이 두 팔을 활짝 벌리고 서 있다. "아이누!" 그네는 그렇게 소리쳤으나 소리가 되어 나오지 않았다. 무명옷의 그 사람은 둥실 떠올라 그네에게 다가오기 시작했다. 바람처럼 구름처럼 그렇게 다가왔다. 그네는 다시 돌아서서 달렸다. 달리고 달렸지만 발이 떨어지지 않았다. 안간힘을 쓰다가 울음을 터뜨리며 깨어났다. "네가 남편이 다섯이나 있었고 지금 같이 살고 있는 남자도 네 남편이 아니니—" 머릿속에서 그 분의 음성이 메아리가 되어 울렸다 눈물이 베개를 적셨다.

*

남편 다섯… 헛되고 헛된 명칭, 남편 다섯… 이것인가? 헛손질로 잡았다 놓치고… 저것인가? 허상을 붙잡고 피 흘리던… 가망 없이 이어지던 삶의 허망한 순차順次… '해 아래 새것이 없나니' 놓친 뒤에 다시 잡은 것은 더 허망한 허상이었다. 소유, 성취, 지배, 안전, 보장保障… 움켜쥐었지만, '네 남편이 다섯이나 있었고 지금 같이 살고 있는 남자도 제 네 남편이 아니니…' 너는 지금도 어 자신에게 기만당하고 있는가. 지금도 헛되고 헛된 것을 붙잡고 있는가….

　그네는 몸을 떨었다. 지금까지 사랑이라는 이름으로 여자를 단단히 묶어왔던 남자들의 독점욕, 사랑을 위한 것이라면서 끊임없이 박해를 가해 오던 상대방, 그들의 잔학은 그네가 자신의 생명을 단단히 숨긴 차폐물遮蔽物이었다. 에로스가 타오르는 연기는 누린내였다. 사련邪戀, 독점욕을 불태우는 사내들에게서 타오르던 연기는 육욕도 아니었다. 어떻게 시작된 게임인지 알 수 없었지만 그것은 음험한 게임의 연속이었다. 그 음험한 게임의 연속선상에서 그네의 정체성이 서서히 살아나다니 ─ 육욕과 독점욕과 당당한 행패 속에 자신을 숨겨가며 상대방을 기만한 속임수의 내기였다. 여자는 그 누구의 어떤 이름의 사랑도 믿지 않았고 사랑이라는 함정에 빠진 일도 없었다. 박해나 잔학을 감수한 것은, 인간관계를 비밀한 방식으로 차단한 음모였다. 나중에는 자신까지 감쪽같이 속였던 음모였다. 남성들의 박해는 그네가 숨기 좋은 차폐물, 그리고 쉽게 점령당하지 않는 방패이기도 했다. 그 가시철망과 가시 울타리 안에서 음험한 눈으로 상대방을 관찰했고, 상대가 점점 극악해지기를 기다렸다. 스스로 만든 철창鐵窓안에서 누린 철저한 독선獨善. 남들에게는 피해자로 보였지만 여자는 감옥 안에서 시퍼렇게 살아있는 가해자였다.

그러나 그러나 그렇게 짓밟힌 외상外傷으로 무엇을 얻었다는 말인가? 그 동안 여자라는 이름 위에 얹혀져 있던 박해와 오해, 그리고 수치심으로 다져진 삶의 경력을 무엇에 쓸 것인가?

누워 있는 무스탕은 잠이 들어 있는지 숨소리가 고르고 편안했다. 문득, 그 남자의 큼직한 몸이 낯설면서도 구슬펐다. 어떻게 하다가 음험한 낚시에 걸려든 의미 없는 대어大魚. '신神은 정말 저 남자를 벌하기 위하여 나를 채찍으로 골랐을까?'

*

홋카이도 지또세[千歲世] 공항에는 사람이 별로 많지 않았다. 도쿄행 국내여행객 몇 쌍이 보일 뿐 여객기가 텅 비어 가게 생겼다. 이따금 생각난 듯 담배를 깊숙이 빨아들이던 무스탕은, 활주로 저쪽으로 새파랗게 트인 하늘을 망연한 눈으로 바라보고 있었다. 한참 만에 덩치 큰 남자는 시계를 들여다보았다.

"보딩 카드 잘 챙겼소?"

여자는 손에 들고 있던 것을 들어 보였다, 그리고 처음으로 아, 이 남자가 정말 험프리 보가트를 닮았네, 속으로 감탄했다.

"동경에서 이틀만 더 있어 주지 않겠소?"

남자는 완연하게 초조한 기색을 드러냈다. 갑자기 많이 늙어 보였다. 여자가 먼저 떠나고 자기는 홋카이도에 남아 며칠을 혼자 있어 보겠다고 결정을 했을 때도 남자는 퍽 선선했다. 그러나 이제 여자가 떠날 시간이 임박해 오자 무스탕은 좌불안석으로 초조해 했다. 그는 혼자 떠나는 여자를 걱정해 주고 있는 것이 아니었다. 그는 초조한 빛을 애써 감추며 담배를 비벼 껐다. 그리고 여자를 향해 얼굴을 돌렸다.

"남녀 관계에서 이런 무승부無勝負도 있군. 응?"

여자는 공항유리창 밖 눈부시도록 맑게 갠 겨울 하늘을 바라보며 대답했다.

"후한 점수네요, 사실은 둘 다 참패慘敗라는 걸 알고 있잖아요."

남자는 쓴 웃음을 지으며 말했다.

"허! 참패라고! 참패라면 더 할 말이 없군! 굳이 그렇게 후벼 파야 후련하겠소? 모르는 척 무승부로 받아들여 줄 수는 없었소? 잔인하군! 그리고… 그리고 말이요, 혹시 아이누를 포기할 생각은 없소?"

그네는 지난 밤 꿈을 떠올렸다. 우물가에서 그네를 향하여 둥실 떠올라, 바람처럼 구름처럼 다가오던 사람. '나는 왜 그분에게 다가가지 못했을까. 왜 그를 피하여 도망쳤을까? 내게로 다가오는 그의 얼굴을 보려고 하지 않은 걸까? 왜? 왜? 그리고 도망치면서 왜 울었을까? 눈물은 생시처럼 흐르지 않았던가. 그네는 꿈속에서처럼 몽롱하게 말했다.

"내가 포기한다고 끝날 것 같지 않은 걸요. 내 마음대로 포기할 수도 없는 걸요."

"그런 말로 모면해 보려고?"

여자는 꿈꾸듯 말했다.

"모면할 수도 없어요. 맡기는 거지요. 언제인가는 붙잡히고 말 거에요"

"우리가 무슨 선문답을 하는 것 같군. 내가 죽기 전에 당신을 붙잡는 그가 누구인지 꼭 보고야 말겠소." 남자는 새 담배에 불을 붙였다. "당신이 아깝소." 남자는 화가 나는 것을 가까스로 참고 있는 듯 했다. "나는 당신을 미워하거나 원망하지는 않겠소. 그러나 당신은 불행한 여자요. 죽음도 당신을 완전히 소유하지는 못할 거요. 당신은 그런 여자요. 도대체 누구를 위해서 그렇게 악착같이 자기 자신을 꽁꽁 묶어두고 있는 건지…. 더러는 그런 걸 일러 나르시시즘이라고도 하지. 글쎄…, 그런 걸까. 나는 병病이라고 생각되는데. 스스로 낫기를 바라야 하는데 낫는 것을 무서워하고 있지, 당신은. 그러면서 자기 자신을 도금鍍金하고 있소. 자기 자신을 우상화하고 있지. 당신이라는 여자는 영원한 미해결 未解決이지, 영원한….”

그때 탑승을 알리는 방송이 장내를 흔들며 크게 울렸다. 여자는 간단한 짐을 들고 일어나며 남자를 향해 섰다.

"이번 여행으로… 내 불치의 병명을 알아냈어요. 정말… 부끄럽고… 미안하고… 할 말이 없습니다. 이제는 내가 출발한 곳이 어딘지도 기억할 수가 없어요. 그러니 돌아갈 곳도 없는 거죠. 하지만 내 모든 방자함과 무례를 견뎌 주신 당신께 진심으로 감사를 드리지 않을 수가 없군요. 어쩌면 이번 이 여행이 아이누를 찾는 열쇠가 될는지도 모르겠다는 희망을 가져 봅니다.”

남자가 여자의 어깨 위에 손을 얹었다. 그리고 슬픈 눈으로 그네를 굽어보며 입을 열었다.

"더러 아무 생각 없이 자신을 팽개치는 것이 생존의 방법일 수도 있다는 걸 알려 주고 싶군. 그리고 이제부터 견뎌 보겠지만, 정 견딜 수 없을 때 연락을 해도 되겠소?”

그네의 가슴에 슬픔의 이랑이 일렁거렸다. 사람 사이에

그리움이라는 것은 무엇일까. 왜 나에게는 당초부터 그리움이 없을까. 그리움을 지니고 있는 저 남자의 그리움에 내 모습을 비추어 보아가며 그것을 배울 수는 없을까.

"용서해 주세요. 이번 여행은 나 자신에게다 선전포고를 해 본 전쟁이었어요. 그런데 싸움도 없이 백기白旗를 들었어요. 바람을 피워 보겠다고 한 것, 당치도 않은 객기였지요. 진심으로 사죄 드립니다."

"나는 처음부터 당신에게는 그것이 불가능하다는 걸 알고 있었소." 남자는 그 큰 품을 열어 여자를 안았다. 그리고 허리를 굽혀 여자의 귀에다 대고 말했다. "홋카이도에서 아이누를 찾는 일에 성실치 못했던 나를 용서해 주시오. 그러나 이제 당신과 다시 동행하면 아주 훌륭한 안내자가 될 수 있을 것도 같소."

"그러면 구면舊面이 아니라 전혀 새롭게 만나는 사람으로 다시 시작해야겠네요."

"그러지! 그러지! 그런데 누구한테 소개를 부탁하지?"

"우연偶然한테다 맡기죠."

"그건 너무 막연해. 운명으로 바꾸자."

여자는 남자의 가슴을 가만히 밀어 내며 말했다.

"잘 지내다 오세요. 나는 곧장 서울로 가겠어요."

남자의 커다란 몸집이 헐렁해 보였다. 지금까지 남자가

감춰온 상처의 일부가 눈에 띄었다. 저 사람에게는 저 상처를 따뜻한 눈으로 바라다 볼 수 있는 여자가 필요했는데… 저이는 나를, 그 상처를 어루만지고 품어 줄 수 있는 상대로 보았는가? 상처 때문일까. 상처와 상처가 합쳐지면 무엇이 될까. 서로 잡아먹기 내기가 되겠지. 어차피 영원한 타인이다.

여자는 여객기 좌석을 찾아갔다.

*

여객기가 이륙하자 홋카이도 근해의 섬들이 흰 눈을 안고 유빙流氷이 되어 흐르는 것이 아득하게 내려다 보였다. 흐르는 눈물이 얼음덩이가 되어 강물에 떠서 흘러가게 만들었던 삶. 이제 눈물도 얼어붙은 여자. 누구에게도 들키지 않을 감옥에 꼭꼭 숨겨 두었던 자아自我. 이제쯤, 이 방황이, 감옥에 갇혀 있던 자아를 떠나보내야 할 때를 찾게 된 것은 아닐까. 그네는 눈귀신[雪靈]처럼 헤맸던 눈의 나라 홋카이도를 여객기 창으로 내려다보았다. 눈 무덤이었다. 그 눈 무덤을 벗어나 혼자가 되었다.

*

　여객기가 김포에 도착한 것은 해질녘. 그네는 동작동 강 언덕에서 택시를 돌려보냈다. 떠나기 전, 다시는 녹을 일 없어 보일만큼 꽁꽁 얼어붙었던 한강이 몸을 풀었다. 강물 깊은 곳에서부터 얼음이 풀리고, 겨우내 두껍게 얼었던 얼음이 깨어져, 유빙流氷은 강폭을 메우며 끝없이 흘러가고 있었다. 그 성엣장은 그렇게 흘러가면서 녹아가고, 강물은 얼음덩이를 말없이 받아 안고 흘러갔다. 넘실넘실 흘러가는 얼음덩이. 몸을 풀고 흘러가는 얼음덩이. 길고 긴 겨울, 얼음에 갇혀 죽은 것 같았던 강물은 때가 되면 제 몸을 풀어 저렇게 너울너울 흘러간다. 자신이 치쌓은 감옥에서 수치심으로 단단하게 다져졌던 성벽城壁도 허물어질 때가 있을까. 죄, 쌓이고 쌓여라! 세상에서 찾아야 할 것이 무엇인지도 모르고, 헛되이 저지른 것이 죄라면, 죄야, 한껏 불어나라, 목구멍에 찰 때까지 불어나라! 가득 차서 더 들어갈 자리가 없을 때, 터지라, 폭발하라, 폭발하라! 죄도 자산資産이 될 수 있는 삶이 있음에, 이 세상은 한번 살아볼 만한 곳이 아닌가. 지금까지는 존재의 심연에 시퍼렇게 살아있던 자아, 헛되고 헛된 것에 매달렸던 그 시퍼런 자아. 아무것도 보이는 것이 없었다. 하지만 이제 떠나보내자, 떠나보내자, 떠나보내야 할 때를 놓치지 말았어야 했다. 감옥에 가두고 누구에게도 보이지 않았던 자아를 떠나보내자. 몸으로 무너뜨린 성벽의 부스러기들을 저 강물, 성엣장을 안고 도도하게 흘러가는 강물에 던져 버리자. 그리고… 사마리아의 여자가 이고 가던 물동이를 찾으러 가자. 다섯 명의 남편과 현재의 남편을 등지고! 뜨거운 한 낮에 당당하게 물을 길러 가자. 사람들의 이목耳目을 두려워할 것 없이, 찢어지는 대낮 뜨거운 햇빛 속을 걸어가자. 물동이를 이고 걸어가자. 무명옷의 그분이 다가올 때 도망치지 말자. 찢어지는 한 낮, 살갗 태우는 태양으로 발가벗겨져, 실오라기 하나 없는 몸을 끌고, 바람처럼 구름처럼 다가오는 그이에게 다가가자. 그 만남이 죽음이라도, 그 만남이 지옥이라도 도망치지 않으리! 저렇게 검푸른 얼음덩이로 흘러가는 강물의 유빙을 빗장 삼아, 자아라는 감옥 문을 열리라. 산산조각 난 육신이 낭자하게 피를 흘릴 때까지— 우물가에서 기다리던 그이는 그 피의 의미를, 그리고 그 피 값을 알고 있을 것이기에— 이제 물동이를 찾아내자. 그리고 우물을 찾아가자. 당당하게 우물을 찾아가자. 뜨겁게 찢어지는 한낮, 불붙는 태양 아래 알몸을 드러내고—.

■ 작품론

로드 픽션과 원 소스 멀티유스적 소설

-정연희의 〈아이누 아이누〉

유 한 근

정연희¹⁾ 작가의 소설 〈아이누 아이누〉에 대한 담론은 소개된 '작가의 말'(《인간과문학》 통권 2-11호)로 족하다. 이 이상의 말은 췌언이다. '작가의 말'의 첫 문장 "인간의 정체성正體性을 찾아 떠난 한 여성의 자기투쟁의 노정路程"은 이 작품의 총체적인 해설이고, 두 번째 문장 "1972년 2월, 동계올림픽이 열린 홋카이도 삿포로에 들렀다가 설국雪國의 정취에 젖어 찾게 된 소재素材"는 작가가 이 소설을 쓰게 된 동기를 소개한 부분이다. 그리고 15년이 지난 후 1987년에 발표된다.

결혼, 이혼, 갈애渴愛에 얽혔던 연애, 방송작가로 누구도 누리지 못한 인기人氣의 정상頂上에서도 헤어나지 못한 허무虛無. 출생은 선택이 아니었지만, 태어난 이래 끝없이 이어지는 선택과 그것이 안겨주는 무의미에 절망한 한 인간. 어떤 대상對象에게서도 구원救援을 찾을 수 없어, 내면에서 타오르는 본질적인 고뇌를, 한 남성의 상처와 허무에 투영시켜 자신의 본체를 조금씩 찾아가는 과정을 천착한 소설. 오직 자아自我라는 감옥을 파괴하고 그 감옥을 벗어나는 길만이 구원임을 희미하게 깨닫기 시작한, 한 인간 내면의 자기탐구 과정.

−'작가의 말' 중에서

이 소설의 주인공은 서른여섯 살의 방송작가인 여성이다. 위의 인용문처럼 이혼한 여인으로 그 상대역은 '무스탕'이라는 별명의 남자와 또 다른 과거의 남자들이다. 그러나 그들은 이 소설에서 중요하지 않다. 작가의 말에서 이야기됐던 것처럼 방송작가인 한 여인의 욕망과 고뇌, 그리고 갈등과 허무의식을 그리기 위한 것이기 때문이다. 또 하나는 어떤 남자에게서도 구원될 수 없다는 절망감에 빠진 여성이기 때문에 그리 중요하지는 않다. 하지만 정연희 작가의 토로대로 "내면에서 타오르는 본질적인 고뇌를, 한 남성의 상처와 허무에 투영시켜 자신의 본체를 조금씩 찾아가는 과정을 천착한 소설"이기 때문에 간과해서는 안 될 인물들이기도 하다. 그렇다면 "한 남성의 상처와 허무"는 무엇을 의미하는지는 밝혀져야 할 것이다.

소설은 작가가 쓰는 것이 아니라, 사회와 시대가 써주었다고 막말(?)을 해도 좋을 80년대. 그 때의 소설 트렌드는 노사분규, 분단문제, 베트남 전쟁, 그리고 반체제적인 소설들이다. 그와는 달리 '인간 내면의 자기 탐구소설'인 〈아이누, 아이누〉를 새삼스럽게 조명하는 것은 이 소설의 이야기가 오늘, 이 시대의 우리 젊은이들의 이야기이기 때문이고, 불변하는 인간의 본질적인 내면 탐구의 소설이기 때문이다. 또한 웹툰에게 그 자리를 뺏긴 '원 소스 멀티-유스' 문학의 기능을 회복하는 데 소설작법적인 국면에서나 내러티브적 측면에서 시사하고 있는 바가 많기 때문이다.

1. '아이누[2]'의 표상

소설 〈아이누 아이누〉는 '사람'이라는 의미를 가진 일본 소수 민족인 아이누 족을 그대로 소설의 제목으로 붙이고 있다. 직역하면 '사람 사람'이 될 것이지만, '인간이여! 인간이여'라는 절규의 언어로 다가오는 것은 이 소설의 서두에서 여자의 독백처럼 내뱉은 말 때문일 것이다. 이 소설의 시공간적 배경이 된 "1972년 2월 동계올림픽이 시작된 홋카이도"의 어느 산골 온천장에 남자와 함께 들어간 여자의 독백 같은 말 "아이누, 아이누…." 이 부분에서 정연희 작가는 "아이누, 사람… 여자는 세상의 끝과도 같은 이 산골에서 참으로 견딜 수 없을 만큼 누구인가를 그리워하고 있는 자신을 돌아보았다. 대상도 없는 그리움을."이라고 표현하고 있다. 세상의 끝에 와 있는 여자. 그 여자의 "대상도 없는 그리움", 그 그리움의 표상이 '아이누'다. 그렇게 볼 수 있다. 그것이 구체적으로 '인간다움'을 의미하는 것인지, 혹은 '인간의 본 모습' 그 본체를 의미하는 것인지에 대한 의혹은 이 소설의 끝을 읽을 때까지 진행될 것이다.

  아이누 족族. 당당한 골격骨格에 이목구비가 수려한 종족이라고 했다. 숱이 많은 검은 머리에 눈빛이 예리하게 빛나는, 털이 많은 종족이라고 했다. 남자들은 잘 생긴 모습에 용맹을 곁들였고 여자들은 검은 눈에 정열이 넘치는 미인. 그들은 자연을 사랑하여 자연 속에서 완전히 동화된 자연의 한 부분으로 살았었다고 전해진다. 지시마[千島] 아이누, 사할린 아이누, 홋카이도 아이누 등 세 종족種族으로 나누어 부르고 있지만 옛날에는 일본 동부東部를 거의 다 차지하고 살던 본토 사람들이라고 했다.
  그러나 어제 도착한 홋카이도는 아이누를 연상하고 상상할 수 있는 곳이 아니었다. 북국의 하늘을 가르고 치닫던 여객기가 내려앉은 지또세[千歲市]의 비행장은 그 규모가 놀라울 만큼 크고 세련되어 있었고, 공항에서 삿포로까지는 총알처럼 달리게 되어 있는 탄환도로彈丸道路였다.
  아무리 눈을 씻고 찾아보아도 아이누의 흔적은 그 어느 곳에도 없었다.
  —소설 〈아이누 아이누〉 중에서

  위의 인용문에서 아이누 족은 "자연을 사랑하여 자연 속에서 완전히 동화된 자연의 한 부분으로 살았었"으며 "아무리 눈을 씻고 찾아보아도 아이누의 흔적은 그 어느 곳에도 없"다. 자연 그 자체인 아이누. 인간 본성을 조금도 훼손시키지 않고 간직하고 있을 것으로 보이는 아이누 족, 그 사람들의 흔적이 어디에도 없다는 것은 하나의 상징이다. 인간의 원초적인 본성, 그 본체는 없다는 작가의 절망의 표상이기도 하다. 그러나 '아이누'가 표상하는 것은 자기 자신, 자아일 것이다.

어떤 장르의 문학이든 문학은 인간의 본체 해명에 바쳐져야 하고, 인간 삶의 본질이 무엇인가를 부단히 환기시켜 주는 데 바쳐져야 한다. 이외의 것들은 방편에 불과하다. 이를 위해 철학의 수단이기도 한 존재양식을 통해서이든 관계양식을 통해서이든 문학은 '인간'이라는 화두에서 벗어날 수 없다. 이 점도 '아이누'가 표상하는 또 다른 이유일 것이다.

인간의 원초적 본성의 핵은 욕망일 것이다. 이 욕망은 인간의 중심에 있다. 그리고 이것은 다른 인간의 본성과도 유기적 구조로 얽혀 있다. 그 대표적인 욕망은 육욕일 것이다. 그것을 정연희 작가는 이렇게 말한다.

그네는 몸을 떨었다. 지금까지 사랑이라는 이름으로 여자를 단단히 묶어왔던 남자들의 독점욕, 사랑을 위한 것이라면서 끊임없이 박해를 가해 오던 상대방, 그들의 잔학은 그네가 자신의 생명을 단단히 숨긴 차폐물遮蔽物이었다. 에로스가 타오르는 연기는 누린내였다. 사련邪戀, 독점욕을 불태우는 사내들에게서 타오르는 연기는 육욕도 아니었다. 어떻게 시작된 게임인지 알 수 없었지만 그것은 음험한 게임의 연속이었다. 그 음험한 게임의 연속선상에서 그네의 정체성이 서서히 살아나다니- 육욕과 독점욕과 당당한 행패 속에 자신을 숨겨가며 상대방을 기만한 속임수의 내기였다.
 -소설 〈이이누 아이누〉 결말부분에서

 위의 인용문은 이 소설의 끝부분이다. 홋카이도에서 '아이누 족'을 찾아 헤매다가 그들을 찾기 보다는, 자신의 정체성을 찾아가는 여자의 속내를 기술한 부분이다. 사랑이라는 이름으로 여자를 묶었던 그 '사랑'이라는 말은 남자들의 독점욕과 폭력의 다른 이름이었다는 사실. 그리고 사내들의 육욕은 음험한 게임의 연속이었다는 것, 그리고 속임수였다는 사실을 여자는 비로소 알게 된 부분이다.

 에로스(Eros)는 그리스 신화에 나오는 사랑의 신으로, 아프로디테의 아들이다. 로마 신화의 큐피드와 아모르에 해당되는 인물이다. 프로이트는 이 에로스를 성 본능이나 자기 보존 본능을 포함한 성애性愛라는 개념으로 사용했지만, 철학에서는 플라톤에서부터 "자신이 불완전자임을 자각하고 완전을 향하여 끊임없이 노력하여 나아가려는 인간의 정신 혹은 철학자의 정신"이라는 개념으로 지금까지 사용되어 왔다. 그렇다고 할 때, 이 소설의 주인공인 그녀의 존재는 '에로스'적인 실존으로 규정해도 무난할 것으로 보인다. 자신의 정체성을 찾아 나선 인간이라는 점에서.

여자는 그 누구의 어떤 이름의 사랑도 믿지 않았고 사랑이라는 함정에 빠진 일도 없었다. 박해나 잔학을 감수한 것은, 인간관계를 비밀한 방식으로 차단한 음모였다. 나중에는 자신까지를 감쪽같이 속였던 음모였다. 남성들의 박해는 그네가 숨기 좋은 차폐물, 그리고 쉽게 점령당하지 않는 방패이기도 했다. 그 가시철망과 가시 울타리 안에서 음험한 눈으로 상대방을 관찰했고, 상대가 점점 극악해지기를 기다렸다. 스스로 치쌓은 철창鐵窓안에서 누린 철저한 독선獨善. 남들에게는 피해자로 보였지만 여자는 감옥 안에서 시퍼렇게 살아 있는 가해자였다.

-소설 〈이이누 아이누〉 결말부분에서

이 부분을 읽으면 오싹해진다. 한 인간의 원초적인 본성을 그대로 드러내 주고 있기 때문이다. 치명적인 여자, 팜므

파탈의 전형성을 보는 것 같아 전율을 느낀다. 그러나 여자로서의 "짓밟힌 외상外傷"과 "여자라는 이름 위에 얹혀져 있던 박해와 오해, 그리고 수치심"이 있었을 것이다. 그러나 그것은 결과적으로 자아를 탐색하기 위한 방편일 뿐이라는 논리로 자위하게 될 것이다. 이 소설의 끝부분 "누워 있는 남자는 잠이 들어 있는지 숨소리가 고르고 편안했다. 문득, 그 남자의 큼직한 몸이 낯설면서도 구슬펐다. 어떻게 하다가 음험한 낚시에 걸려든 의미 없는 대어大魚. '신神'은 정말 저 남자를 벌하기 위하여 나를 채찍으로 골랐을까?"를 읽으면 소설속의 '여자'는 지성적이고도 냉철한 팜므파탈이라는 사실을 재확인하게 된다.

2. 로드 픽션과 아이누 족의 상징성

영화의 로드 무비처럼 이 소설은 아이누 족을 찾아 떠나는 한 여인의 이야기를 메인 스토리로 구조하고 있다. 그리고 그 서브 스토리는 왜 그 길을 떠나야 하는가에 대한 설명을 가능하게 하는 스토리로 플롯이 형성된다.

이 소설의 장소 이동은 서울에서 시작되겠지만, 소설에서는 서울에서 하네다까지의 이동은 메인 스토리에서 생략되어 있다. "서울에서 하네다까지 항공기로 두 시간, 다시 하네다에서 홋카이도의 지또세[千歲市]까지 비행기로 시간 반, 지또세에서 삿포로 시내까지 자동차로 한 시간. 삿포로에서 마꼬마나이를 거쳐 이곳에 이르기까지 한 시간 남짓한, 그런 시간이 걸렸을 뿐이다."라는 기술에서 그것을 알 수 있다. 이 부분을 영상 영화로 만든다면 이 기술대로 만들어야 할 것이다. 즉 로드무비처럼 제작되어야 할 것이다.

이렇게 여정이 진행되지만 '여자'는 "그러나 마치 다시는 되돌아 갈 수 없는 땅 끝에 와 있는 듯, 지난날이 전생前生처럼 아득하게 느"껴진다. "어떻게 하다가 여기까지 오게 되었을까…"를 회의하고 "아이누는 어디에 있을까…"를 찾게 된다.

모든 내러티브 예술 장르는 스토리, 플롯, 그리고 구조를 가지고 있다. 플롯(Plot, 구성)은 스토리와 달리, 사건들과 극적 행위들을 화자가 제시하는 대로 구성하는 것을 의미한다. 플롯의 경우, 작가는 많은 스토리의 가능성 가운데 중요한 사건과 극적 행위를 선택, 배열함으로써 가장 바람직한 정서적 예술미학을 산출해 내려고 한다. 이 소설 〈아이누 아이누〉의 구성상 특성은 영화적인 기법을 차용하고 있다는 점이다. 이 말을 잘못 해석하면 오해가 있을 수 있다. 다시 말하면, 영화의 쇼트, 씬과 시퀀스 개념과 유사한 구조로 이 소설은 구성되어 있다는 말이다. 여타의 소설에서 볼 수 없었던 씬과 시퀀스가 확실하게 구성되어 있는데 쇼트 표시는 ' * ' 기호로 사용되어 있고, 이 씬들이 모여 하나 하나의 시퀀스를 형성하게 된다. 이런 점에서 이 소설은 한국 소설의 '원 소스 멀티-유스'적인 기능을 회복하는데 좋은 예가 되는 소설로 보인다.

3) 어떤 측면에서 보면 소설 〈아이누 아이누〉는 최근 거론되고 있는 영상소설의 표본적인 작품이라고도 할 수 있을 것이다.

마꼬마나이 산골의 온천장에서 시작되는 여정은 '여자'와 무스탕이라는 별명을 가진 남자와 함께한다. 그러나 일본에서의 여정은 도쿄 하네다 공항에서부터 시작된다.

① 홋카이도[北海島] 삿포로 시내에서 출발한 지하철로 종점 '마꼬마나이[眞駒內]'에서 택시로 삼십 분 남짓 더 들어간 산골. "세상 끝나는 자리인 듯 산으로 첩첩 갇혀 있고, 몇 안 되는 집들마저 눈 더미 속에 묻혀 있는 산골의 온천장溫泉場"에서 이 소설은 시작된다.

② 아이누가 살고 있다고 알려져 있는 시라오이[白老]행 국철國鐵 버스를 탄다.

(아이누 말로 '커다란 호수의 마을'이란 뜻을 가지고 있는

'뽀르도 고당'에 갈까 생각도 하지만 아이누를 막상 만난다 해도 뭘 어째야 할는지 난감하다는 생각으로 아사히가와(旭川)쪽을 다시 돌린다. 오히려 그 쪽이 아이누의 본 고장일지도 모른다는 생각 때문에 아껴두기로 한다.)

③ 시라오이(白老)를 떠난 기차가 달빛에 물든 설원雪原을 몇 시간이나 가로질러 삿포로에 도착한다. 꿈결 같은 함박눈의 설원 속을 달려 삿포로에 도착하는 동안 "차창을 두드리고 쳐대고 깨어 부술 듯이 유리창에서 부서지는 눈발을 보며, 여자는 어떻게 하면 저렇게 몸을 던져 깨어질 수 있겠는지 소리쳐 울고 싶었다. 종착지가 없는 길. 가도 가도 닿는데 없는 인생길. 가야 할 곳이 없는 인생 길. 어떻게 해야 하나. 갑자기 막막"한 느낌을 갖게 된다. "시라오이에서 밤 기차를 타고 삿포로로 돌아온 두 사람. 그렇게 아득한 길을 평행선상에서 함께 걸어왔다. 그러나 시간과 공간을 아무리 짜 맞추어 보아도 두 사람은 서로를 알아 볼 수 없었다. 아이누를 찾아서 허위허위 홋카이도를 헤매고 다닌 며칠이 허망했다. 상대방의 얼굴을 바라보고 싶지 않을 만큼 피차가 지친 끝에 도착 한 곳, 삿포로 시내의 스페인 주장酒場"이었다.

④ 아이누가 살고 있는 시라오이(白老)행 국철國鐵 버스를 타고, 두 사람은 백조 호반의 마을 '뽀르도 고당'에 도착한다.

여기에서 아이누 사람으로 보이는 노파를 만난다.

⑤ 홋카이도 '지또세[千歲世]' 공항에 도착한 그들. 공항에는 사람이 별로 많지 않았다. "도쿄 행 국내여행객 몇 쌍이 보일 뿐 여객기가 텅 비어 가게 생겼다. 이따금 생각난 듯이 담배를 깊숙이 빨아들이곤 하던 무스탕은, 활주로 저쪽으로 새파랗게 트인 하늘을 망연한 눈으로 바라보고 있었다"고 공항 내를 표현한다.

⑥ "여객기가 이륙하자 홋카이도 근해의 섬들이 흰 눈을 안고 유빙流氷이 되어 떠서 흐르는 것이 아득하게 내려다보였다." 그것을 내려다보는 여자의 얼굴에는 눈물이 흐른다. "흐르는 눈물이 얼음덩이가 되어 강물에 떠서 흘러가게 만들었던 삶. 이제 눈물도 얼어붙은 여자. 누구에게도 들키지 않을 감옥에 꼭꼭 숨겨 두었던 자아自我. 이제쯤, 이 방황이, 감옥에 갇혀 있던 자아를 떠나보내야 할 때를 찾게 된 것은 아닐까. 그네는 눈귀신처럼 헤맸던 눈의 나라 홋카이도를 여객기 창으로 내려다보았다. 눈 무덤이었다. 그 눈 무덤을 벗어나 혼자가 되었다"는 의식을 하게 된다.

⑦ 해질 무렵, 여객기로 김포에 도착한다.

⑧ "그네는 동작동 강 언덕에서 택시를 돌려보"낸다. "떠나기 전, 다시는 녹을 일이 없어 보일만큼 꽁꽁 얼어붙었던 한강이 몸을 풀었다. 강물 깊은 곳에서부터 얼음이 풀리고,

겨우내 두껍게 얼었던 얼음이 깨어져, 유빙流氷은 강폭을 메우며 끝없이 흘러가고 있었다" 그 모습을 보고 여자는 생각한다.

위에서 이들의 여정을 조야하게 정리하면서 이 여자와 남자의 관계, 그리고 여자의 심리묘사 부분을 인용했다. 이들의 관계를 서술하고 있는 부분은 ③의 "시라오이에서 밤기차를 타고 삿포로로 돌아온 두 사람. 그렇게 아득한 길을 평행선상에서 함께 걸어왔다" 부분이다. 같은 시간과 같은 공간을 같이 다녔지만, "두 사람은 서로를 알아볼 수 없었다"가 그것이다. 아이누를 찾아서 다닌 며칠이라는 시간은 그들에게 허망한 시간이었다.

그리고 그들은 아이누로 보이는 노파를 만나게 된다. 늘어선 기념품 가게 "그중 한 가게에 반백半白의 노파가 있어, 두 사람은 그 집으로 들어섰다. 겨울 해질녘을 무료하게 지키고 있던 노파는 반색을 하며 두 사람을 맞았다. 얼굴의 골격이 씩씩하고 눈빛이 밝고 강했다. 여성스럽기보다는 썩 잘생긴 얼굴, 아이누족이었다! 여자의 가슴이 두근거렸다. 저 얼굴, 자연의 언어가 생생하게 살아있는 저 얼굴! 아이누다! 아이누, 사람! 아이누다!"라고 여자는 속으로 외친다. 그 노파는 상냥했다. "네. 기념품이 좀 필요합니다만, 사실은 아이누의 전통傳統을 찾아서 먼 길을 왔습니다. 그런데 이 마을도 이미 문명의 횡포가 너무 깊은 곳까지 유린을 했더 군요."라고 말하는 여자에게 그 노파는 아이누 족은 사냥도 하고 숯을 굽기 위해 벌목하러 깊은 산속으로 들어가 마을은 텅 비었다고 말해준다. 여자는 아이누 족의 우상 같은 곰 목각인형을 사서 삿포로로 돌아오기로 한다. 돌아오는 길에서 목각인형을 깎는 아이누 족 사내를 만나지만 그도 아이누 족의 표상적인 인물이라는 생각은 들지 않는다. 여자는 실망한다. "아이누. 아이누. 하늘을 휘 저어 보아도 닿지 않는구나, 아이누! 땅을 휩쓸어 보아도 보이지를 않는구나! 아이누, 아아 아이누! 아이누는 어디에 있는가?"라고 절망한다. "불이 환하게 밝혀진 가게도 쓸쓸했고, 나무를 다듬고 있는 주인도 고독해 보였고, 이미 물고기를 물고 있는 목각의 곰들도 눈물겹도록 쓸쓸해 보였다"는 느낌을 갖는다.

여기에서 우리가 주목할 것은 '물고기를 물고 있는 곰'의 의미다. 곰은 힘의 상징이다. 우리의 곰은 단군신화에 등장하는 웅녀이며 은근과 끈기 곧 강한 인내심의 상징이다. 이에 반해 일본에서의 곰은 은혜와 지혜와 힘을 뜻한다. 아이누 족에게 곰은 영웅이나 신의 대리인인 사자使者를 의미한다고 한다. 그렇다면 여자가 홋카이도를 돌아다니며 만나려 했던 아이누 족은 무엇을 의미하는 것일까? '영웅 혹은 신 대리자'를 의미하는 것일까? 아니면 단군신화의 웅녀일까? 여기에서의 결론은 잠시 유보한다.

　한국에 돌아온 여자는 한강에서 유빙을 만난다.

　지금까지는 존재의 심연에 시퍼렇게 살아 있던 자아, 그 시퍼런 자아 때문에 아무것도 보이는 것이 없었다. 하지만 이제 떠나보내자, 떠나보내자, 떠나보내야 할 때를 놓치지 말았어야 했다. 감옥에 가두고 누구에게도 보이지 않았던 자아를 떠나보내자. 몸으로 무너뜨린 성벽의 부스러기들을 저 강물, 성엣장을 안고 도도하게 흘러가는 강물에 던져 버리자. 그리고… 사마리아의 여자가 이고 가던 물동이를 찾으러 가자. 그때까지 어울렸던 다섯 명의 남편과 현재의 남편을 등지고! 그 물동이를 찾은 뒤에, 뜨거운 한 낮에 당당하게 물을 길러 가자. 사람들의 이목耳目을 두려워 할 것 없이, 찢어지는 대낮 뜨거운 햇빛 속을 걸어가자. 물동이를 이고 걸어가자. 무명옷의 사람이 다가올 때 도망치지 말자. 찢어지는 한 낮, 살갗 태우는 태양으로 발가벗겨져, 실오라기 하나 없어진 몸을 이끌고, 바람처럼 구름처럼 다가오는 그이에게 다가가자. 그 만남이 죽음이라도, 그 만남이 지옥이라도 도망치지 않으리! 저렇게 검푸른 얼음덩이로 흘러가는 강물의 유빙을 빗장 삼아, 자아라는 감옥 문을 열리라. 산산

조각 난 육신이 낭자하게 피를 흘릴 때까지— 우물가에서 기다리던 그이는 그 피의 의미를, 그리고 그 피 값을 알고 있을 것이기에— 이제 물동이를 찾아내자. 그리고 우물을 찾아가자. 당당하게 우물을 찾아가자. 물동이를 이고, 뜨겁게 찢어지는 한낮, 불붙는 태양에 알몸을 드러내고—.

—소설 〈아이누 아이누〉 결말부분

정연희의 중편소설 〈아이누 아이누〉는 결말부분에서 이 작품의 내러티브를 요약하고 작가가 말하고자 하는 바를 토로하고 있다. ('작가의 말'의 창작노트를 환기할 필요가 있다.) "내면에서 타오르는 본질적인 고뇌" "자신의 본체를 조금씩 찾아가는 과정"에서 "오직 자아自我라는 감옥을 파괴하고 그 감옥을 벗어나는 길만이 구원임을 희미하게 깨닫"는 자기탐구과정이 다 드러나고 있기 때문이다. "시퍼런 자아 때문에" 보이지 않았던 '그 무엇'을 찾기 위해서 유빙의 힘을 빌려 자아의 문을 부수고 자아를 떠나보내려는 여자. 그 여자는 한 낮 속으로 알몸으로 들어가 우물가에서 기다리는 그이와 만나자고 생각한다. 그 만남이 죽음이라도 지옥이라도 "육신이 낭자하게 피를 흘릴 때"까지 문을 열고 들어가는 것이 그것이다. 여기에서의 '피'가 표상하는 것은 '예수의 피'로 보인다. "사마리아의 여자가 이고 가던 물동이를 찾으러

가자"는 문장이 그러하듯이 인간의 죄를 사한 값으로 흘린 예수의 피로 이해해도 좋을 것이다. 이렇게 보는 것이 타당하다면 이 소설은 다분히 기독교인 소설이라 할 수 있으며 아이누가 표상하는 인물은 인간다운 인간, 인간을 구원해 주는 사람, 하나님의 아들인 '예수'를 의미할 것이다.

3. 캘릭터와 유빙의 은유 구조

정연희 소설 〈아이누 아이누〉의 주요인물은 주인공인 '여자'이다. 이 소설에서 여자는 '여자' '그녀' '그네'로 불리워진다. 그녀가 만난 남자는 이 소설의 주요인물인 무스탕이라는 인물과 "그네에게는 절대로 용서 할 수 없는 '강간强姦당한 소문' 사건"의 주인공인 "서너 살 연하의, 나름대로 이름이 알려진 방송인. 대개 라디오 프로에서 성우聲優로 돈벌이를 하던 젊은이"와 첫 번째 남자. 두 번째 남자로 지칭되는 방송가 남자들이다. 소설 결말부분에서 서술된 "그때까지 어울렸던 다섯 명의 남편과 현재의 남편"과의 구체적인 서사는 나오지 않지만 적지 않은 남자들과 스캔들을 만들었다. 그들은 그 '여자'의 "낭만? 로맨스? 에로스? 도대체 이 세상의 정욕情慾"의 대상이었다. 그러나 "여자는 그 누구의 어떤 이름의 사랑도 믿지 않았고 사랑이라는 함정에 빠진 일도 없었다. 박해나 잔학을 감수한 것은, 인간관계를 비밀한 방식으로 차단한 음모였다. 나중에는 자신까지를 감쪽같이 속였던 음모"였던 남자들이었다.

그녀는 남자로부터 "당신 자신이 감옥"이며 그 곳에 숨은 "절대로 밖으로 나오고 싶지 않은 죄수지! 나오기만 하면 자신이 아닌 다른 무엇에 묶여서 갇히게 될 것을 겁내고 있는 비겁한 죄수야"라는 질타를 받고 "심장을 칼로 찔린 것 같은 통증에 몸을 비"트는 여자이다. 남자들의 독점욕, "그들의 잔학은 (…) 자신의 생명을 단단히 숨긴 차폐물遮蔽物"이라고 인식하는 여자이다. "그 누구의 어떤 이름의 사랑도 믿지 않았고 사랑이라는 함정에 빠진 일"은 없는 여자이다. "남성들의 박해는 (…) 숨기 좋은 차폐물, 그리고 쉽게 점령당하지 않는 방패"로 생각하는 여자이다.

그리고 같이 누워 있는 "남자의 큼직한 몸이 낯설면서도 구슬"프다고 생각하고, "어떻게 하다가 음험한 낚시에 걸려든 의미 없는 대어大魚. '신神은 정말 저 남자를 벌하기 위하여 나를 채찍으로 골랐을까"를 의혹하는 여자이다. "화산火山 같은 몸속에는 빙산氷山이" 들어 있는 여자로 인식되는 여자이다.

그네가 이혼을 단행하자 여자를 에워싸고 있는 공기는 다양하고도 구구한 억측과 풍설과 수군거림과 비난으로 들끓기 시작했다. 한국의 천구백육십(1960)년 대. 대중에게는 적당한 놀이가 없었다. 촌스러운데다 억지와 떼만 남아 있던, 가난하던 시절. 인습因習의 얼룩이 아직도 진하게 남아 있던 사회에서, 한 여자가 한 남자와 끝까지 살아내지 못한 쓰라림은 스스로도 감당하기 어려운 것이었는데, 인습이라는 이름의 악의惡意와 화제話題거리로 안주 삼던 대중은 끝도 없이 여자를 물고 뜯었다. 인습의 이빨은 고르지 못했고 그 이빨은 하나하나에 독이 묻어 있었다. 이혼녀는 무서운 전염병 보균자 취급을 받으며 목숨을 부지했다. 남자를 바꿨다는 사실을 가시울타리로 삼고, 그 안에 스스로 가두고 빠져나갈 엄두를 내지 못했다. 그러나 그 울타리가 저절로 무너져 쓰러질 때가 왔다. 누가 무너뜨려 준 것도 아니다. 스스로가 무너져 쓰러질 때가 있었다. 스스로가 판단하여 용기를 가지고 허물어뜨린 것도 아니다.

— 소설 〈아이누 아이누〉 중에서

위의 인용문에서 보듯이 '여자'는 유명세로 인해 사회로부터, 인습으로부터 그 폭력에 시달렸던 여자이다. 그렇지만 그녀는 그것에 스스로가 무너질 뿐, 그와 맞서는 용기를 가지고 그 인습에 저항하는 인물은 아니다. 장안에서도 내로라하는 상류층이 다니는 '멤버십 클럽'에서는 왁스인형처럼 앉아 있기만 했고, 무표정한 얼굴로 무심하게 "뜻밖의 외로움을 만나 우두망찰 넋을 잃은 인형처럼" 앉아 있는 여자로서 "도무지 예측하지 못했던 상황. 아무런 대비책 없이 무너질 것 같은 현실. 그 어이없는 현실을 낯설어 하"는 한국의 보통 여자였다. 그러나 자아의 정체성을 찾으려 하는 당찬 여자이기도 하다. "첫 번째 남자의 무책임無責任"으로 "자아를 결정적으로 손상당하는 일없이 숨어 살"았고, "두 번째 남자와의 불륜不倫은 그 자아自我가 누구의 눈에도 들키지 않고 비밀하게 성장할 수 있게 만든 성벽城壁"이라고 생각하는 여자였다. 그런 여자가 "숨겨진 자아自我를 스스로에게까지 숨겨 보려던 위장된 행위 같은 것이"라고 자각하고, "자각하지도 못하면서 숨겨두었던 견고한 자아라는 내심"을 찾으려 했다. '그녀'는 자신을 "절망의 포식자"로, 맹랑한 여자, 사기꾼, "존재의 심연에서 아무것도 찾지 못하는 행려자" "씨앗을 배태하지 못한 고통"에 절망하는 창녀로 자조한다. "남자의 열광이 뜨거우면 뜨거울수록" 몸이 식어가는 얼음처럼 찬 여자이다. "알라스카의 눈밭에서 칼끝에 꽂혀 있는 얼음덩이 고기를 죽을 때까지 핥는" 암늑대라는 무스탕의 저주의 말을 듣는 여자이다. 성경의 사마리아 여자가 이고 가는 물동이를 밝은 한낮에 길러 가는 여자이고 싶어 한다. 사마리아 여인은 유대인에게는 이방인이다. 예수가 물을 달라고 했던 여인이다. 그 여인처럼 '그녀'는 목마른 사람에게 물을 주고 싶어 하는 여인이다. 성경의 사마리아 여인과 예수의 대화 부분을 이 소설에 대입할 때 해석은 달라지겠지만, 자신은 물론이고 타인에게도 영적인 구원자가 되기를 소망하는 여인이다.

여행을 같이 떠난 클럽 주인 무스탕은 쾌남형의 힘 있고 돈 많은 남자이다. "정계에서고 재계에서고 유쾌한 신사로 통하는 그는 누구를 만나도 매인데 없이 자유로운 사내"이다. "소실의 아들이라는 자신의 운명에 대해서 별로 무안해 하지 않는, 헐렁하면서도 소탈한 인품"을 가진 남자이다. 여성 편력이 많고 요즘 여자들이 눈독 들이는 바람둥이이며 한량인 사내이다. "카사블랑카에 나오는 험프리 보가트하고 닮"은 호남이다. 그러나 이 사내는 '여자'가 아이누 족을 찾아가는데 동행하는 역할에서 크게 벗어나지 않는다. 일정 부분을 여자와 함께 묘사되고 서사를 끌고 가지만 여행 동행자로서의 숨은 보호자 역할을 담당하는 인물이다.

〈아이누 아이누〉는 젊은 남녀의 연애 소설 혹은 사랑 소설이 아니다. 이 소설의 주인공 '여자'가 만난 남자들의 성격은 이 여자가 자아를 발견하는데 도움을 주기 위한 인물로

장치되어 있다. 그들과의 사랑, 그것이 어떤 것이라는 것을 규명하기 위한 소설이 아니다. 한 여자의 자아 찾기, 정체성을 자각하고 그것을 찾아 나서는 과정을 탐색하고 있는 소설이다. '작가의 말'에서도 언급된 "한 남성의 상처와 허무에 투영시켜 자신의 본체를 조금씩 찾아가는 과정을 천착한 소설"이라는 부분에서의 '한 남성'이란 무스탕이라 불리는 남자만이 해당되는 것이 아니라, '여자'가 만났던 남자들의 총칭이라는 생각을 하게 되는 이유는 '자신의 본체 찾기'라는 문제가 부각되었기 때문이다. 그리고 유빙流氷이라는 이 소설의 전문前文 시와 홋카이도 근해의 유빙과 한강의 유빙, 그 의미로 보아도 남자들의 인물성격은 큰 비중을 차지한다고 할 수 없다.

봄기운에 몸 풀어 흐르는 얼음덩이
유빙流氷!
차라리 네 몸을 다 풀어 혼곤하게 흘러라
아니거든 하나로 크게 얼어,
다시금 빗장 되어 닫으라.
얼었던 몸 설 녹여
살 속에서 찌르는
주검보다 더한 아픔 있느니

봄의 문턱에서
제 몸 깨뜨려 띄우는
멍든 얼음덩이, 멍든 얼음덩이, 유빙流氷

― 전문 시 〈유빙流氷〉 전문

이 전문 시에서의 '유빙'은 '여자'를 표상하는 사물이다. 여자의 자아를 상징한다. 봄이면 "몸 풀어 흐르는 얼음덩이"인 유빙流氷. 작가는 그 유빙인 소설 속의 '여자'를 '감옥'이라는 얼어붙은 자아에서 스스로 깨고 나와 혼곤하게 흐르라고 노래한다. 깨는 것이 "주검보다 더한 아픔이" 있다 해도 빗장 되어 닫지 말고 흘러가라고 노래한다. 이 시에서 '멍든 얼음덩이'는 여자의 상처이며 여자의 총체적인 삶을 의미한다.

여객기가 이륙하자 홋카이도 근해의 섬들이 흰 눈을 안고 유빙流氷이 되어 떠서 흐르는 것이 아득하게 내려다 보였다. 흐르는 눈물이 얼음덩이가 되어 강물에 떠서 흘러가게 만들었던 삶. 이제 눈물도 얼어붙은 여자. 누구에게도 들키지 않을 감옥에 꼭꼭 숨겨 두었던 자아自我. 이제쯤, 이 방황이, 감옥에 갇혀있던 자아를 떠나보내야 할 때를 찾게 된 것은 아닐까. 그네는 눈귀신[雪靈]처럼 헤맸던 눈의 나라 홋카이도를 여객기 창으로 내려다보았다. 눈 무덤이었다. 그 눈 무덤을 벗어나 혼자가 되었다.

여객기가 김포에 도착한 것은 해질녘. 그네는 동작동 강 언덕에서 택시를 돌려보냈다. 떠나기 전, 다시는 녹을 일이 없어 보일만큼 꽁꽁 얼어붙었던 한강이 몸을 풀었다. 강물 깊은 곳에서부터 얼음이 풀리고, 겨우내 두껍게 얼었던 얼음이 깨어져, 유빙流氷은 강폭을 메우며 끝없이 흘러가고 있었다.

-소설 〈아이누 아이누〉 결말부분

위의 인용문은 〈아이누 아이누〉의 끝 부분이다. 홋카이도 근해의 섬들을 유빙으로 비유하고, 한강에 떠 흐르는 유빙을 묘사하고 있는 부분이다. "감옥에 갇혀 있던 자아를 떠나보내야 할 때"라는 인식을 홋카이도 근해의 섬을 보고 깨닫는 '여자'의 심리를 묘사하고, 한강의 유빙이 몸을 푸는 것을 묘사함으로써 폐쇄된 공간에서 나온 '자아'를 확인하는 부분이다. '여자'가 아이누를 찾아 떠난 여행, 그 여정을 통해 느끼고 사유한 결과물, 그 상징 구조를 풀린 얼음과 흐르는 유빙을 통해 표현하고 있는 부분이다.

혹자는 말한다. 거대서사(grand narrative)는 죽었다고. 분명 서양에서 발표되고 있는 소설이나 국내에서 발표되고 있는 소설에서도 박경리, 조정래 이후, 소설에서의 거대서사는 보이지 않는다. 미시적인 서사의 디테일만 가지고 소설의 기능을 다했다고 많은 소설가들이 생각하는 것처럼 우리의 거대서사는 죽어간다. 심지어는 서사가 없는 소설도 등장하여 픽션으로서의 행세를 하고 있는 실정이다. 그에 따라 소설은 '원 소스 멀티-유스'적 기능을 상실하게 되었다. 독자로부터 문학이 외면 받게 된 요소로 작용한다. 이런 시점에서 우리가 정연희의 중편소설 〈아이누 아이누〉를 다시 읽어야 하는 이유는 자명해진다.

 이 소설은 거대서사는 아니다. 그러나 표층적 서사 이외에도 행간 속에 숨겨진 서사를 풀어낼 때, 이 소설의 내러티브는 다양해지고 풍부해진다. 소설이 웹툰에게 뺏긴 '원 소스 멀티-유스'적 기능을 회복하기 위해서는 어떻게 해야 하는가를 형식과 내용적인 측면에서 보여준다.

1) 소설가, 1936년 서울특별시 출생, 대한민국예술원 회원, 동아일보 신춘문예 소설<파류상(破流狀)>으로 등단(1957년), 서울문화재단 이사장, 한국소설가협회 이사장, 한국여성문학인회 회장, 한국기독교여성문인회 회장, 이화여자대학교 강사 역임. 한국소설가협회상('78), 한국문학작가상('82), 대한민국문학상('85), 윤동주문학상('85), 유주현문학상('87), 김동리문학상('87) 한국펜문학상('99) 등 수상. 작품집으로 소설집 ≪석녀≫(1968), ≪백조의 행진≫(1969), ≪불타는 신전≫(1979), ≪난지도≫(1985), ≪겨울 건너기≫(1988), ≪쓸개≫(1991), ≪바위눈물(1999)≫, ≪가난의 비밀≫(2006), ≪백스무 번째 죽음≫(2008) 등과 수필집 ≪한낮에 촛불을 켜고≫(1988) 등을 간행하였다. [네이버 지식백과 참고]

2) 아이누는 일본의 홋카이도[北海道]와 러시아의 사할린(Sakhalin), 쿠릴(Kuril) 열도 등지에 분포하는 소수 민족이다. 아이누란 아이누어로 '인간'을 나타내는 말로 이것이 민족의 명칭으로 보편적으로 쓰인 것은 19세기 후반 메이지[明治] 시대부터이다. 그 이전까지 혼슈[本州]의 일본인들은 홋카이도 지역에 사는 아이누를 이민족이라는 차별의 의미를 담아 '에조[蝦夷]'라고 불렀고, 그들이 사는 지역을 '에조가시마(エゾヶ島)', '에조치[蝦夷地]' 등으로 불러왔다. ('네이버 지식백과' 아이누(Ainu) '두산백과'참고)

3) 졸저 ≪원 소스 멀티-유스, 문학이야기≫(인간과문학사) 2015. pp45~55 참고. 영화의 몽타주(montage)는 미술의 표현 기법에서 차용한 것이지만, 영화의 편집과 관련되는 제 영역의 포괄적 광의 개념으로 사용된다. 몽타주란 '쌓아 올린다'라는 뜻을 가진 프랑스말로, 편집을 통한 필름의 조합을 가리킨다. 여기에서 필름의 조합이란 '시간이나 사건의 경과를 나타낼 때, 사용하는 영상의 편집된 장면 전환'을 의미한다.

영화의 몽타주 이론은 미장센 이론을 포함한다. 미장(mise-en-scene)은 장면화(putting into the scene)라는 뜻의 불어에서 유래된 용어이다. '장면의 무대화'라는 연극용어이던 것이 전후 프랑스 평론가들이 비평용어로 사용하고 있다. 몽타주가 한 화면과 다음 화면간의 병치에 따르는 관련성, 즉 추상적인 개념을 중시하여 한 화면의 내부에 동시다발적인 많은 정보를 보유함으로써 수동적인 인상을 느끼게 하는데 반해, 미장센은 능동적이며 선택적인 관객의 태도를 요구하게 된다.
따라서 미장센은 화면의 길이가 긴 장시간 촬영이나 원사가 우선되고 한 쇼트가 한 씬이나 시퀀스의 구실을 하게 되며, 이에 따라 연속적이며 유동적인 카메라 움직임이 수반된다. 미장센의 일반적인 특성을 규정하는 데에는 카메라 전방에 있는 모든 영화적 요소인 연기, 분장, 무대장치, 이상, 조명 등을 장면화하여 타당성 있는 미학적인 결과를 낳았는가 하는 점을 검토하게 되는 바, 이는 곧 '화면내의 모든 것이 연기한다'는 관점을 뜻한다.

유한근

동아일보 신춘문예 평론 당선(1984). 평론집 ≪문학의 모방과 모반≫, ≪현대불교문학의 이해≫, ≪글의 힘≫, ≪생각과 느낌≫, ≪왜 소설인가≫, ≪한국수필비평≫, ≪원 소스 멀티 - 유스, 문학이야기≫ 등 저서 다수, 논문 다수. 만해불교문학상, 한국문학평론가협회상, 신곡문학상 대상, 여산문학상 대상, 동국문학상 등 수상. 디지털서울문화예술대 교수, 본지 주간.
yhkpoet@hanmail.net

정연희 소설선집 **05**
아이누, 아이누

인쇄 2022년 05월 06일
발행 2022년 05월 10일

지은이 정연희
발행인 서정환
펴낸곳 신아출판사
주소 서울시 종로구 삼일대로 32길 36 (익선동 30-6 운현신화타워) 305호
전화 (02) 3675-3885, (063) 275-4000
팩스 (02) 3675-2985
이메일 sina321@hanmail.net   essay321@hanmail.net
출판등록 제465-1984-000004호
인쇄·제본 신아문예사

저작권자 ⓒ 2022, 정연희
이 책의 저작권은 저자에게 있습니다. 서면에 의한 저자의 허락없이 내용의 일부를 인용하거나 발췌하는 것을 금합니다.
COPYRIGHT ⓒ 2022, by Jeong Yeonhui
All rights reserved including the rights of reproduction in whole or in part in any form.
저자와 협의, 인지는 생략합니다.
잘못된 책은 바꿔 드립니다.

ISBN 979-11-92245-69-0   04810
ISBN 979-11-5605-375-0   (세트)

값 14,800원

Printed in KOREA